Les homards sont immortels

DE LA MÊME AUTEURE

Z. M., postface de Jean Clair, Gallimard, 2013.

Maraudes, Gallimard, 2015.

Pirates ! L'art du détournement culturel, Tana éditions, 2017.

Murs, gravures d'Anick Butré, APPAR, 2017.

Dédé le dodo, Magali Ben (illustrations), Alice Jeunesse, 2017.

Le Sourire de Gary Cooper, Gallimard, 2017.

Street art : bestiaire urbain, Tana éditions, 2018.

Journaux intimes ; les mots de la vie, Nicolas Malais, Hoëbeke, 2021.

Sophie Pujas

Les homards sont immortels

roman

Flammarion

ISBN : 978-2-0802-0467-7

« On ne peut pas tourner le dos à tout.
C'est géométrique. »

Christiane Rochefort,
Printemps au parking

« Incertitudes, ô mes délices,
Vous et moi nous nous en allons,
Comme le font les écrevisses,
À reculons, à reculons. »

Guillaume Apollinaire,
« Le bestiaire d'Orphée »

La mémoire est la malédiction des tendres, des fragiles, des trop fidèles.

Trente ans après, les visages sur les photos avaient perdu leurs couleurs, mais la brûlure qu'ils ressuscitaient, chaque fois, était toujours la même.

Pour que le passé, cette sale bête, lui saute à la gorge, il suffisait de rien : un ciel un peu trop gris, un dimanche qui s'attardait sans grâce, un détail charriant un écho d'autrefois. Aujourd'hui, c'était cette toute jeune fille aux yeux clairs qui venait de lui servir un café en terrasse. Un bref instant c'est une autre silhouette qu'elle avait cru voir, une silhouette vive sur fond de mer, au sourire vainqueur, avant que l'illusion ne s'évanouisse comme elle était venue.

Combien de temps fallait-il pour qu'un souvenir vous oublie enfin ? Combien de secondes étirées en années pour qu'un fantôme se tienne sage, et vous regarde enfin avec douceur ?

C'était un bel été. Dans la mémoire d'Iris, il irradierait toujours d'une lueur aveuglante, primitive, insoutenable. Mais juste avant que leurs existences ne soient réduites en cendres, ce n'était que cela : un bel été. Un soleil inhabituellement clément régnait sur Ouessant, rehaussé par quelques ombrageuses tempêtes de loin en loin. Ils avaient en partage la splendeur de l'île qui offrait aux visiteurs de passage ses champs de bruyère plongeant vers l'océan, ses plages secrètes et ses lapins batifolant au crépuscule.

Ils étaient quatre alors. Iris, dix ans. Son père, sa mère. Son frère Sacha, quinze ans. Une arithmétique heureuse, un monde harmonieux où tout avançait par paires.

Il restait à Iris des images de cet été, mais elle ignorait lesquelles appartenaient à sa mémoire, lesquelles venaient des photos que personne n'avait osé rassembler en un album. Toutes prises au début de leurs vacances.

Si elle fermait les yeux, elle pourrait sans doute entendre leurs voix, à tous, adoucies par la rumeur de la mer, comme ces discours brouillés par le grésillement d'un vieux poste de radio.

Le murmure rauque, caressant de Maman.

La voix profonde de Papa, une voix chaude de conteur, qui vous embarquait dans d'interminables et tortueux récits. Il aimait leur raconter l'histoire d'Ouessant, telle qu'il l'avait trouvée dans un livre acheté à Brest, ou dont il arrachait des bribes aux gens du coin. Telle qu'il l'inventait, aussi, pour en faire une terre de mythes, une île englobant toutes les îles. Le phare battu par la tempête. Les épaves au large. Des histoires au parfum de naufrageurs et de bouts du monde, d'hivers passés en pleine mer ou de navires bravant les flots.

À cette époque, les touristes n'étaient pas si nombreux.

Le débit hésitant, rocailleux, de Sacha, si souvent chargé de veiller sur Iris. *Écoute bien ton frère* : mais ce n'était pas nécessaire, elle buvait ses paroles comme autant de révélations, de leçons de vie à méditer. D'aussi loin qu'elle se souvienne, elle croyait en lui. Le suivait comme son ombre, dès qu'elle le pouvait. Épiait ses gestes, copiait ses tics de langage et apprenait la moindre de ses mimiques. C'était lui, un jour, qui lui avait expliqué que si un matin elle refusait d'aller à l'école, mettait vraiment toutes ses forces et son énergie à refuser, personne ne pourrait vraiment la forcer. Elle y pensait, parfois, comme à une sorte de superpouvoir qu'elle n'aurait pas encore employé, une carte à jouer un jour pour voir s'il avait raison. Une liberté enfouie. C'est Sacha encore qui lui avait mis entre les mains des bandes dessinées qui, comme tout ce qui semblait un peu palpitant, n'étaient pas de son âge – la dégaine de traviole et les blagues opaques du génie des Alpages, les inquiétantes femmes nues de Bilal, les troubles cités de Schuiten. C'est à lui, encore, qu'elle devait certains films, comme *Le Grand Bleu*, qu'il l'avait emmenée voir en salles – elle avait été éblouie, happée[1].

Il lui paraissait immense, alors. Sur les photos, elle constaterait qu'il était surtout monté en graine d'un coup, tout en jambes et en bras démesurés, encombré de lui-même. Comme si son corps fixait ses propres lois, poussait à sa guise, sans souci de cohérence – on verrait plus tard pour l'harmonie d'ensemble.

Radieux pourtant, sur ces images d'un autre temps, le temps de la douceur. Car il était riche, alors, d'un secret dont Iris était la dépositaire, la complice.

---

1. Jeune femme, elle le reverrait et trouverait le film kitsch et sans doute misogyne (comme semblait le penser Rosanna Arquette elle-même) (suffit-il d'un personnage de cruche pour qu'une œuvre soit misogyne ?) mais peu importe, cela ne retirerait rien à la magie de son souvenir, à l'émerveillement d'alors, car pourquoi y aurait-il des joies illégitimes ?

Cela avait commencé un jour où ils étaient partis ensemble à Lampaul, cette esquisse de village au centre de l'île : une église, un café, la Poste. Sacha aurait aimé traîner seul mais la condition de sa liberté était souvent d'emmener sa petite sœur avec lui. Il s'y pliait, de bon ou mauvais cœur selon les jours.

Il l'avait juchée sur le porte-bagages de son vélo. Ils partageaient les deux bouts d'un écouteur de walkman où Jean-Jacques Goldman criait son désir d'aller *là-bas*.

Ils dévalaient une pente en beuglant, *faut du cœur et faut du courage*, la mer à flanc de coteau, *mais tout est possible à mon âge,* quand ils faillirent heurter une fille qui marchait sur le côté.

— Abruti !

Elle devait avoir l'âge de Sacha. Ses cheveux blonds coiffés en minivague, un tee-shirt ample qui dévoilait une épaule dorée, un jean déchiré au genou. Elle mâchait un chewing-gum, ce que les parents d'Iris interdisaient toujours, ça faisait mauvais genre (le genre vache apparemment), et c'est ce détail qui la frappa en premier. Sacha, lui, n'en était pas encore aux détails. Il absorbait le choc en bloc et sans nuance. Elle était la blondeur, la grâce, l'aplomb. Il ne saurait que plus tard qu'elle avait des yeux où se disputaient le bleu, le brun et le vert, les yeux pers d'une déesse. Il était absolument, irrémédiablement, joyeusement vaincu.

Il bégaya.

— Pardon… Ça va ?

Elle haussa les épaules, superbe, royale.

— Tout va bien ? répéta Sacha. Je te raccompagne ?

— Dans tes rêves ! fit-elle en repartant.

Elle réapparut dans leurs vies en terrasse de l'hôtel-restaurant La Duchesse Anne, où elle servait les consommations. Sacha l'aperçut et se figea. Ils étaient partis acheter une baguette, mais il décida brusquement qu'ils allaient prendre un verre – diabolo menthe pour lui, grenadine pour Iris.

— Je suis désolé, pour hier. Tu travailles ici tout l'été ?

— C'est mon père qui tient l'hôtel, répondit la fille en fixant Iris. Tu t'appelles comment ?

— Iris.

— C'est joli ça, petite fleur. Moi c'est Manon. Je travaille tous les jours jusqu'à midi, et j'ai tous mes après-midi. Ça te plaît, ici ?

Elle repartit en un battement de cils et sans un regard pour Sacha. Iris était trop jeune pour savoir qu'on peut ostensiblement ne pas regarder quelqu'un. Et qu'il existe mille nuances de promesse dans l'art subtil d'ignorer autrui.

La vie des grands était pour elle un feuilleton dont il lui manquait toujours des épisodes. Les transitions étaient mystérieuses – coupées au montage.

Son frère avait réussi à filer sans elle plusieurs fois. Quand Iris revit Manon, c'était sur un chemin de bruyère où elle avait rendez-vous avec Sacha.

— De la compagnie ? fit Manon.

Sacha bafouilla une explication.

— Pas grave ! Tu sais garder un secret ? demanda Manon à Iris.

Iris hocha la tête solennellement.

— Je vais vous montrer une plage interdite aux nazes, aux ploucs et aux touristes. Tu dois jurer de n'en parler à personne ensuite.

Elle cracha sur un brin d'herbe ourlé de clochettes violettes.

— Juré craché ! fit Iris en l'imitant.

Manon les emmena sur un petit sentier invisible depuis le chemin principal. Il se terminait brusquement pour descendre à pic. Il fallait s'accrocher aux rochers et aux plantes. Des cailloux glissaient sous les pieds, se jetaient en contrebas. Iris avait peur du vide mais se garda bien de le montrer.

— Une vraie petite chèvre ! la félicita Manon.

Ils arrivèrent dans une crique discrète, au pied d'un rocher rond comme une île à pirates[2].

---

2. Un été précédent, Iris avait joué obsessionnellement à être tour à tour John Long Silver et le petit Jim. *L'Île au trésor* était l'un des premiers longs livres qu'elle avait lus elle-même. Sa mère lui avait offert une édition illustrée qui lui faisait obscurément peur, avec ses encres fiévreuses, ses vastes taches couleur sang, ses flibustiers aux traits écorchés et aux cheveux broussailleux. Bien plus tard, elle sut combien Stevenson l'avait écrit dans une période sans lumière, et n'en fut pas étonnée. C'était un homme pour qui l'évasion prenait des couleurs

L'océan était d'un turquoise trompeur de tropiques, semé de taches d'un bleu sombre.

Manon enleva sa robe d'un coup et se mit à courir vers les vagues. Elle portait un maillot vert deux-pièces qui tranchait sur sa peau dorée et moulait sa poitrine naissante. Elle se jeta à l'eau dans un hurlement joyeux ; Sacha la suivit. Iris se demandait si elle ressemblerait un jour à ça : une fille conquérante, intrépide, tapageuse. Parfaite. Peut-être qu'il suffisait d'attendre, et que l'audace poussait en même temps que les seins.

Iris dessina un oiseau sur la plage. Ou plutôt l'idée d'un oiseau : une virgule sur l'étendue claire, une envolée, un signe. Les grains de sable, sous ses doigts, étaient autant de mondes en

---

sombres, pour lequel la fantaisie même avait des accents lugubres. À l'époque, il avait failli mourir de la bonne volonté de ses proches, qui conspiraient à lui mettre des bâtons dans les roues pour publier, refusaient de l'aider ou de lui prêter de l'argent tant qu'il n'aurait pas rompu avec Fanny Osbourne, l'amour de sa vie, mariée et plus âgée – le second point étant sans doute le pire scandale. Le tout pour son bien, évidemment.

réduction, d'infinis pulvérisés. Des millénaires de patient grignotage entre éléments pour qu'elle puisse jouer du bout des doigts et sans y penser. Elle regardait les deux grands se poursuivre, courir, s'éclabousser en s'esclaffant. L'eau froide fouettait le sang et plongeait dans l'euphorie. Ces derniers mois, Sacha avait souvent été renfrogné, grognon, boudeur, endormi. Il se redécouvrait joyeux, alerte, le monde à portée d'éclat de rire. Le sel et le sable collaient à la peau comme une protection magique. Puis ils s'assirent à quelques mètres d'Iris. Son frère murmurait à l'oreille de Manon des mots qu'elle n'entendait pas. Il retira une algue collée à son épaule, d'un revers de main, et Iris les vit rougir tous les deux. Elle fixait son regard sur eux, tâchait d'imprimer en elle les contours de la scène. Leur joie la gagnait par contagion. Manon se tourna et lui envoya un sourire indéfinissable. Ce sourire, parfois, lui reviendrait en rêve, comme un tourment, une question. Mais il n'y avait, alors, rien à questionner. Le monde était une merveille, adhérait aux contours exacts de cette plage protégée des flâneurs. Iris se sentait bercée, embrassée par l'eau, le vent et l'infini du ciel. Dorlotée, acceptée. Si elle fermait les yeux, la rumeur sourde des flots et des oiseaux gagnait en intensité. Elle était là où elle devait être, à l'exact point de l'espace et du temps fait pour le bonheur.

Il y eut quelques autres après-midi sur la plage et au long des chemins. Des excursions à la découverte de trésors invisibles : des histoires venues du passé, des fantômes amicaux, des jardins abandonnés. Manon servait à Sacha de guide, de grande prêtresse en exploration, et Iris les suivait – souvent. Ils allèrent à la pointe du Créac'h, où l'on voyait un vestige de bois affleurer au large. Tout ce qu'il restait d'un navire qui avait été capable de porter un équipage entier et d'affronter les intempéries – jusqu'à celle de trop. Elle baissait la voix pour évoquer le sort d'un paquebot venu d'Afrique du Sud à la fin du XIXe siècle, et que le brouillard conduisit à sa perte à la veille d'arriver à bon port. Pure malchance. Pendant deux mois, les corps des naufragés du *Drummond Castle* ont été rejetés par la mer, racontait Manon. 361 personnes à bord, 3 survivants, chuchotait-elle. Elle aimait les histoires morbides, mais elle avait, aussi, de l'amitié pour les ombres d'hier, elle avait grandi avec leurs légendes, et Iris frissonnait d'un plaisir trouble à les entendre ressusciter.

« Tu sais qu'ici, c'est une île de femmes ? lui expliqua un jour Manon. Les hommes étaient toujours en mer, alors toutes les décisions, le travail, c'était pour elles. Ça laisse des traces. Il ne faut jamais contrarier une îlienne ! »

Et elle lui lança un clin d'œil, avant de lui parler de Rose Héré, qui sauva des marins en perdition dans le brouillard après un naufrage en se jetant à l'eau pour les rejoindre dans leur barque et les guider parmi les récifs qu'elle connaissait par cœur…

Il y eut, bien sûr, forcément, au cours de cet été, des moments passés avec ses parents. Une visite du phare (son escalier en tourbillon, hypnotique), d'autres plages (dans l'une, cette grotte, léchée par la mer, où l'on se sentait dans les entrailles de l'île elle-même, à la fois protégé comme dans un cocon et en grave péril face aux forces primitives), des balades à vélo (le vent dans les cheveux et les herbes hautes, comme s'il vous portait). Plus tard, elle essaya de les revivre en pensée, mais il s'agissait d'heures perdues, floues, qu'elle tâchait artificiellement de ranimer à travers une brume, en vain. Seuls les moments avec Sacha et Manon revêtaient des teintes vives, irisées. Elle aimait le rire de Manon, ses enthousiasmes, ses caprices.

Il y avait eu des signes, sûrement. Forcément. Mais rien ne lui revenait.

Seulement Manon sortant son gloss couleur cerise et lui en mettant sur les lèvres, Manon énumérant ses actrices préférées – Isabelle Adjani, Emmanuelle Béart, Liz Taylor, Béatrice Dalle –, Manon déposant un baiser dans le cou de Sacha, s'écartant brusquement en se sentant regardée – et l'étrange électricité de cette image, explosive et mystérieuse. Manon comme un écran opaque aux vrais événements de cet été.

Sacha, aussi, transfiguré. Ses gestes doux, tremblants, fervents, gauches, pour effleurer les cheveux de Manon. Le ballet de leurs mains qui se cherchaient, s'unissaient, se dénouaient, avec de plus en plus d'assurance au fil des jours. Les rires qui éclataient sans raison, comme une autre façon de se sourire, comme des bulles de joie pure au soleil d'été.

Iris chercherait, chercherait, plus tard. À briser la surface des souvenirs. À plonger dans l'envers de ces images. Pas grand-chose, si peu de grains de mémoire à moudre. Comme ces tamis qui, d'une plage, ne gardaient que quelques cailloux, une poignée de coquillages. L'essentiel ailleurs, hors de portée, saccagé par inattention. Perdu.

Quelques miettes, à peine.

Maman si joyeuse, un matin. Elle avait décrété un pique-nique. Elles étaient allées toutes les deux acheter leur dînette à la supérette. Les rayons des supermarchés avaient toujours été pour Iris un lieu magique, où l'on pouvait assouvir une profusion de désirs, hésiter entre trente sortes de céréales pourtant proches parentes, découvrir l'existence prometteuse (sortie du cerveau d'on ne sait quel bizarre spécialiste du marketing ou ingénieur de l'alimentation à la chaîne) de mini-pizzas apéritives ou de bonbons de gélatine parfum schtroumpf (même si l'idée de gober ces innocentes créatures semblait étrange à Iris). Même dans les rayons du Shopi d'Ouessant, tout petit, miniature, la multiplication de l'identique était la règle. Elles piochèrent. Un melon, un saucisson, du pain, du fromage. Iris avait jeté son dévolu sur du Babybel, elle pouvait déjà sentir à l'avance sous ses doigts la pâte rouge à malaxer, les sculptures qui pourraient en naître.

Le lieu avait été choisi : la pointe de Pern, la plus sauvage. Rochers noirs contre lesquels l'océan se jetait furieusement ou paresseusement selon ses humeurs, abandonnant au creux des roches des miroirs d'eau qui attrapaient le ciel.

Mais, au moment de partir, Sacha n'était pas là, on avait traîné, il se faisait tard, et son père avait demandé si vraiment il y aurait assez à manger. Et avec ce vent, est-ce qu'on ne serait pas mieux à rester tranquillement dans le jardin ?

Alors sa mère avait répondu oui, peut-être, tu as raison, visage d'un coup éteint, et on ne l'avait plus revue avant le soir.

Un jour de pluie où elle était sortie avec des lunettes de soleil – pourquoi ?

Iris voulut, pour comprendre, se concentrer sur ce qu'elle avait été. Se scruter comme une étrangère, un spécimen de laboratoire. Tirer le portrait objectif de ceux qui l'entouraient. Et qui auraient dû la protéger, n'était-ce pas leur rôle, dûment accepté lorsqu'ils l'avaient fait venir en ce monde ? La colère, parfois, palpitait en elle, et elle la repoussait, honteuse.

Ce qu'Iris savait de Papa, à cette époque :

Quand ils partaient en vacances en voiture et qu'ils passaient devant un monument historique, il s'arrêtait et le leur décrivait, même s'il fallait les réveiller.

À la ligne réservée à la profession des parents, à la rentrée, elle devait écrire : « Brocanteur ». Sa boutique était une caverne aux trésors où rôdaient sûrement des fantômes dans les vieux cadres et les fers à repasser.

Il savait tout. L'âge d'une vieille chaise et comment résoudre les problèmes du pays. Le nom des rois de France et le numéro des départements.

Sacha et elle cachaient ses paquets de cigarettes. Une fois, ils y avaient percé des trous (une blague qu'Iris avait lue dans *Astrapi*) et il s'était mis en colère. Ils le voyaient rarement en colère.

Parfois, elle le surprenait à regarder Maman fixement. D'un air niais, aurait décrit Sacha. Incrédule, aurait-elle plutôt analysé. L'air de celui qui ne croit pas en sa chance.

« Ton père était si beau et il semblait l'ignorer », disait sa mère quand elle racontait leur rencontre. Alors elle crut que c'était cela, l'amour : savoir sur l'autre quelque chose qu'il ignore ou tient caché. Qui l'aimerait assez pour cela, elle ? Qui la regarderait vraiment ?

Ce qu'Iris savait de Maman :

Elle aimait s'envelopper dans un foulard de fine soie semé de coquelicots rouges qui sentaient comme elle. Iris l'empruntait en cachette et se délectait de cette odeur.

Elle était biologiste à l'université. Cela voulait dire entre autres choses qu'elle pouvait vous expliquer pendant des heures la façon dont se reproduisaient les porcs-épics (phénomène complexe impliquant un jet d'urine sur la partenaire et possible seulement huit à douze heures par an).

Maman avait longtemps chanté « Une chanson douce » pour l'endormir, pour qu'Iris se sente biche aux abois protégée du danger (mais avertie tout de même, qu'elle se le tienne pour dit). Elle aimait aussi entonner Brassens (« Sale petit bonhomme, il ne portait plus d'ailes »), Caussimon (« Mais un funambule, quand on le réveille, ça tombe – de haut »), Reggiani (« Il suffirait de presque rien, peut-être dix années de moins »), Barbara (« Elle s'est enroulée à mes hanches, elle s'est pendue à mon cou ») et Brel (« Remplir d'étoiles un corps qui tremble/et tomber mort, brûlé d'amour »). Elle lui inventait parfois des chansons.

Sa mère avait toujours encouragé le plaisir qu'Iris prenait à collectionner les connaissances. Collectionner, parce qu'elle plaidait pour les curiosités désordonnées, les chemins de traverse, les associations libres. Elle disait que s'égarer était un principe de pensée, que les grands chercheurs étaient des créateurs, que seul le mouton noir permettait de comprendre tout à fait le troupeau. Elle ajoutait : pourquoi les Anglo-Saxons parlent-ils de mouton noir alors que ce sont des bêtes si magnifiques, plus remarquables que leurs congénères blanchâtres ? Mais sa mère avait un faible pour les bestioles étranges, si on lui avait confié l'Arche de Noé elle aurait probablement tenté de créer un couple entre un fourmilier et un ornithorynque, juste pour voir.

Elle lui avait offert son premier livre sur les dinosaures, dont Iris connaissait les noms par cœur, ces noms qui étaient déjà grandioses quand on les égrenait : tricératops[3], T-Rex, archéoptéryx, stégosaure, vélociraptor. Elles avaient souvent parlé de ce qui avait pu causer leur extinction – Iris aimait l'hypothèse d'une météorite, sa mère celle d'un grand refroidissement. Il leur plaisait à toutes deux de penser qu'on ignorerait à jamais quelles couleurs au fond ils avaient pu revêtir, l'aspect de leur peau, car que peut-on déduire d'ossements ? Imagine, Iris, que nous disparaissions et qu'une autre civilisation tente de dresser notre portrait-robot sur la seule base de nos squelettes, quelle chance crois-tu qu'elle ait d'arriver à une image exacte ? Presque nulle[4].

---

3. Le tricératops n'a jamais existé, mais Iris ne le sait pas encore. Les squelettes recensés sous ce nom sont de jeunes spécimens de torosaurus – espèce dont l'apparence se modifie sensiblement à l'âge adulte. D'où des querelles entre spécialistes : quel nom adopter pour unifier l'espèce, le plus populaire ou le plus scientifique ?

4. Quand Iris avait vu des images de la créature de Roswell, quelques années plus tard, elle avait repensé à cette réflexion de sa mère, car c'était précisément ce qu'elle lui évoquait : une maladroite tentative de bâtir un homme sur la base d'informations erronées.

Elle l'avait emmenée à la Villette, toute neuve, où elles avaient contemplé l'architecture insensée d'une fourmilière à travers une cage de verre, et au Palais de la Découverte, près de la Seine, où la science était magie comme en un autre siècle l'électricité était fée. Sur la voûte du Planétarium, elles avaient vu défiler l'histoire de l'Univers, dont une voix solennelle décrivait les aventures, et Iris en était restée éblouie.

Lors des promenades en forêt ou à la campagne, sa mère lui donnait le nom des plantes, et elle lui avait appris ce qu'était un fossile. Elle en gardait un, précieusement, sur son étagère, aux allures d'escargot. Elle se souvenait d'une promenade, dans un champ de Picardie. Iris avait trouvé des coquilles nacrées et elle avait demandé si la mer était là avant. Sa mère avait souri. « Ce serait une explication possible. Mais il faut toujours faire plusieurs hypothèses. Même inattendues. Ici, il y a eu des fabriques de boutons. Elles utilisaient des coquillages qui ont été rejetés dans les champs. »

Quand ils se promenaient en famille, Maman leur remplissait toujours les poches de graines en tout genre qu'ils plantaient ensuite dans divers pots étiquetés « Normandie », « Forêt d'automne », « Parc Montsouris[5] », ou « Jardin de Monet ». Quand les germes pointaient leur petite tête, on en prenait soin, sans jamais savoir de quoi il retournait, arbre ou mauvaise graine. Mais leur mère ne croyait pas aux mauvaises graines. Puisque les mauvaises herbes sont des fortes têtes, des lutteuses, capables de vivre n'importe où, et il n'y a aucun mal à cela. Toutes ont leur beauté, leurs rôles et leurs pouvoirs, insistait-elle. D'ailleurs, si elles étaient mauvaises, elles n'auraient pas de si jolis noms : amaranthe, chiendent, oxalys, dent-de-lion…

« Nous n'avons pas gagné à la loterie biologique », avait déclaré leur mère lorsqu'ils avaient visité l'Aquarium[6] de la Porte-Dorée. C'était le

---

5. Maman fredonnait volontiers ces paroles d'Higelin : « Le Parc Montsouris c'est le domaine/Où je promène mes anomalies / (…) Je vis pas ma vie, je la rêve/C'est comme une maladie /Que j'aurais chopée quand j'étais tout petit. »

6. Nous n'avons pas gagné à la loterie biologique, les preuves :

genre de phrase qui faisait rire leur père, et les lançait dans des discussions infinies. Ils parlaient

•

— Les homards sont immortels. Virtuellement, au moins. Leurs cellules ne vieillissent pas. Seules la pêche et l'usure de leur carapace les rend vulnérables. Si nous étions des homards, nous pourrions dire adieu à l'angoisse de vivre systématiquement moins d'un misérable petit siècle.

— Après un choc, certaines méduses se mettent à vivre à reculons. La turritopsis, ridicule créature de moins de cinq millimètres, peut régresser du stade adulte à celui de polype en cas de stress (manque de nourriture, en particulier – chacun ses terreurs). Comme si nous nous métamorphosions en nourrisson face aux coups durs. *Rewind.* Pratique.

— Les pattes de la salamandre repoussent en cas de besoin. Ses cellules savent se transformer en l'organe nécessaire.

— Le bébé humain est le plus longtemps inadapté du règne animal. Il faut au poulain quelques heures pour galoper, à nous au moins un ans pour nous tenir sur nos jambes de manière excessivement peu convaincante (et absolument impropre à la fuite).

— Il fait moins de deux millimètres, mais le tardigrade, avec sa gueule de lamantin à trompe d'aspirateur, est le pour le plaisir de parler, la joie de se contredire l'un l'autre et de relancer la conversation, de chercher la petite bête, alors qu'ils étaient d'accord, si souvent.

Parmi les plus doux souvenirs d'Iris, il y avait : s'endormir en se laissant bercer par leurs voix.

Les cheveux très noirs de Maman étaient coupés court, une frange tombant au-dessus de ses yeux charbonneux, pas comme sur les photos

---

super-héros absolu du monde du vivant. Il peut supporter des températures allant de – 150 à + 150 °C. Il sait se mettre en état de mort clinique le temps que l'environnement redevienne viable. Oui, le tardigrade sait ressusciter.

— Le rat-taupe est capable de rester sans respirer pendant dix-huit minutes et ne développe jamais de cancer…

— On ne sait pas trop si le blob est un animal ou un végétal. Il ressemble au croisement entre une éponge et un tapis de mousse, mais alors qu'il ne dispose que d'une unique cellule, il est à même d'apprendre et de transmettre ses connaissances à un congénère. Il peut se dessécher puis ressusciter – lui aussi – et même passer au micro-ondes.

de mariage où ils étaient coiffés en un chignon sophistiqué (« J'avais une vraie crinière, ma puce, tu aurais vu ça »).

Iris savait que sa mère était une femme qu'on remarquait. Que les hommes remarquaient. Elle le savait d'autant plus qu'elle se regardait dans le miroir et ne retrouvait rien d'elle – de sa splendeur, de son aplomb[7].

Manon, qui l'avait aperçue au village, l'avait dit elle-même. Votre mère, wahou. Sacha et Iris avaient acquiescé, un peu fiers, un peu gênés. Comme toi, avait répondu Sacha – évidemment. Iris n'était pas persuadée d'appartenir un jour à ce clan, celui des femmes spectaculaires, celles sur lesquelles on racontait des histoires. Le clan des héroïnes.

Pourtant.

---

7. Maman la complimentait toujours sur son intelligence, et bien sûr Iris voyait cela comme une preuve de son insignifiance, une preuve que la beauté ne passerait pas par elle. Maman en aurait été la première stupéfaite, tel n'était pas le but. Elle avait été jolie toute sa vie, ce n'était pas vraiment sa faute.

Avoir une mère aussi belle, c'était forcément une chance, non ? Une promesse.

Mais certains la trouvaient bizarre. Arrogante. Trop silencieuse (certains hommes disaient : mystérieuse, certains hommes lorsqu'ils ont quelque idée en tête nomment mystère le silence des femmes, pourtant souvent facile à dissiper pour peu qu'on en prenne la peine).

Comprendre : elle était intarissable sur ce qui l'intéressait, mais elle n'était pas bavarde. Elle ne savait pas parler pour ne rien dire, en était physiquement incapable, comme elle était incapable d'amabilité envers ceux qui l'ennuyaient. Maman vous aimait immédiatement, absolument, ou pas du tout. Il n'y a pas de temps à perdre, disait-elle. Pas lieu de s'encombrer de demi-amitiés et de politesses forcées.

À la boutique, qu'il lui était arrivé de tenir lors de brèves absences de Papa, elle charmait (la plupart du temps) mais rembarrait les importuns (elle avait ses critères, qui allaient de « il m'a appelée ma belle » à « il voulait acheter cette toile parce qu'elle allait avec la couleur de son mur ») sans une seconde d'hésitation.

Là vie est courte, ma puce.

Ma puce, trésor, poupée, petit chat étaient quelques-uns des noms d'Iris quand Maman était d'humeur câline. Quand elle ne l'était pas, mieux valait ne pas trop espérer ces douceurs. « Il y a des jours sans petit chat. C'est pour ça qu'il faut prendre des réserves de fête quand elle est là. Du soleil pour les jours d'hiver. »

Iris ne fut pas tellement petit chat cet été. Mais sur le moment cela ne semblait pas si grave, il y avait tant à s'émerveiller sur l'île. Il y avait les moutons du jardin d'à côté. Il y avait ce crapaud qu'elle avait trouvé un soir devant leur porte, tout luisant de crépuscule. Il y avait Sacha à observer en secret, Sacha qui semblait en proie à un étrange phénomène. Une métamorphose. Comme s'il se mettait à briller de l'intérieur, à s'étirer, à rayonner.

Pas si grave, sauf une fois. Maman étendait du linge dans le fond du jardin. Le vent faisait claquer les draps qui s'enroulaient autour d'elle par brusques embardées. Iris babillait, Manon lui avait raconté une histoire de navire perdu et retrouvé qu'elle voulait partager. Elle était tout à sa joie, essayait de reproduire les effets de voix et le suspense du récit initial.

Sans la regarder, en continuant de se débattre avec les draps, Maman lui avait dit : « Arrête de jacasser, Iris, tu me fatigues. »

Et le moment s'était effondré sur lui-même. De l'extérieur, rien. En apparence, la scène se prolongeait : les draps qui claquaient, le vent qui courait sur le jardin, les moutons tranquilles à portée de regard. Mais le monde s'effritait autour d'Iris, une faille s'était durablement ouverte, qui l'aspirait.

La blessure aurait pu, sans doute, se résorber. Cet instant aurait été balayé par le courant ordinaire des jours, sa puissance de douleur se serait émoussée, jusqu'à être réduite à néant. Son acidité se serait fanée.

Mais le lendemain, Maman avait disparu.

Chaque détail atteindrait dans les semaines qui suivraient une précision suspecte, à force d'être raconté et inlassablement questionné.

Iris avait passé la matinée à poursuivre avec Charlie le ticket d'or de la chocolaterie Wonka ; pour la centième fois, elle avait vu réduire en bouillie les enfants insupportables concoctés par Roald Dahl[8]. Le plaisir était dans la répétition,

---

8. Charlie était l'un des rares héros de Roald Dahl, semblait-il, à venir d'une famille heureuse. Sans le sou dans d'épiques proportions, oui, mais aimante. Chez Mathilde, Sophie, James et les autres, il s'agissait toujours d'affirmer cette morale solaire : si votre famille vous trahit, vous avez tous les droits d'en choisir une autre, de l'inventer, et peu importe si elle ne répond à aucune définition connue et que vos proches sont désormais un géant maladroit ou une araignée sentimentale. Une

la protection amicale des mêmes mots. Sa bulle joyeuse. C'est pourquoi, peut-être, Iris ne fit pas tellement attention à Papa, qui vint deux fois lui demander si sa mère lui avait dit où elle allait.

Il n'était pas inquiet, pas encore, pas vraiment. Mais elle était partie en laissant le lait sur le feu. Raz-de-marée blanc sur la gazinière et casserole brûlée. Une étourderie, une distraction, quelle linotte tout de même. (Tiens : penser à expliquer à Iris ce qu'était une linotte, et chercher pourquoi cette mignonne chose à plumes était devenue le saint patron des tête-en-l'air[9].) Au fond cela lui ressemblait, céder à l'appel irrépressible d'une promenade, la soif d'un plongeon glacé dans l'eau grise, ou de

---

morale de résistance à l'ordre des choses, du bonheur conquis de haute lutte, et Iris aimait d'instinct la chaleur de cette flamme.

9. En fait, ce petit passereau à la jolie poitrine rouge a la fâcheuse habitude de mal dissimuler son nid. Autant dire qu'il attire la catastrophe – qu'il la mérite, diront les tristes esprits qui donnent toujours raison aux vainqueurs.

quelques bouffées d'embruns à l'une des pointes de l'île. Elle reviendrait avec un sourire irrésistible et des excuses faussement embarrassées : « Je n'ai pas vu le temps passer, tu m'as cherchée ? Oh, pardon ! »

Mais à l'heure du déjeuner, toujours rien. Cela devenait plus bizarre (oh, presque rien encore : une irritation, un soupçon de léger déraillement, qui ne serait pas long à réparer). Il commença à refaire le film de leurs dernières conversations, de ses derniers regards. Avait-il dit au petit déjeuner quelque chose qui lui aurait donné envie de prendre l'air ? Il décida d'aller voir au village, après avoir demandé à Sacha de préparer à manger pour sa sœur et de s'occuper d'elle. Sacha ronchonna, par principe et par habitude.

Iris adora leurs pâtes trop cuites, noyées de gruyère râpé. Sacha, lui, avait commencé à s'interroger. Ils rejoignirent Manon sur la plage, leur plage. Elle avait apporté un transistor. Elle dansa avec Iris. « *Last time I dreamt of San Pedro*, fredonnait Manon en tournoyant, *It all seems like yesterday, not far away.* »

Mais hier serait bientôt infiniment loin, pour eux qui s'apprêtaient à entrer dans le pays éternellement étranger du chagrin. Un autre continent, aussi stupidement exotique qu'une île tropicale de pacotille.

Sacha esquissa quelques pas avec elles, picora Manon de baisers, mais une part de lui avait commencé à s'absenter. Quelque chose pointait au fond de la poitrine – ô, à peine, à peine –, même s'il n'aurait encore su lui donner un nom.

Car quand ils rentrèrent à la maison, plusieurs heures après que Papa fut parti chercher leur mère au minuscule village, elle n'était toujours pas là. Elle n'était nulle part. Il avait frappé à chaque porte, chaque fois un peu plus pâle.

L'évidence s'était imposée, d'abord rétive, puis de plus en plus impossible à ignorer. Il avait fallu faire venir la gendarmerie du continent. Ils étaient arrivés le lendemain matin.

Le reste était flou, pris dans la perception comateuse de l'incompréhensible. Les adultes baissaient la voix quand Iris entrait dans une pièce et c'était comme si le murmure du monde, perfidement, avait commencé à décliner. Comme si tout se taisait pour elle seule.

Sa mère s'était envolée. Volatilisée. Éclipsée. Iris apprit à quel point les mots sont nombreux quand on ignore ce qu'ils désignent. Maman s'appelait Judith pour leur père et Madame H. pour les gendarmes mais toutes les trois manquaient à l'appel.

Leurs questions qui ne menaient nulle part.

— Qui avait eu l'idée de venir à Ouessant ? (Judith.)

— Comment avaient-ils trouvé la maison ? (En appelant la mairie.)

— De quelle humeur était-elle les jours précédents ? (Changeante.)

— Avait-elle des ennemis, des sujets de préoccupation particuliers ces derniers temps ? (Pas à ma connaissance.)

— Lui arrivait-il d'être déprimée ? (Parfois.)

— Avait-elle fait des rencontres depuis son arrivée ? (Pas que je sache. Elle liait facilement conversation.)

Souvent ils chassaient Iris, mais un jour ils l'avaient questionnée. Elle avait dit que sa maman était comme d'habitude – et c'était vrai, sûrement, n'est-ce pas ?

Après, elle s'était sentie coupable, étaient-ce bien les bons mots, la réponse exacte, et si elle les égarait en parlant de travers, mais comment leur expliquer ? L'habitude n'avait pas cours avec sa mère. Elle vous surprenait, voilà. Son habitude, c'était d'être inattendue. Mais il aurait fallu qu'ils aient entendu sonner son rire et qu'elle leur ait fait l'un de ses regards où palpitaient toute l'ironie et la douceur du monde pour qu'ils comprennent. Pour la retrouver, il aurait fallu qu'ils la connaissent, n'est-ce pas ? Qu'ils mesurent à quel point il était impensable qu'elle ne soit pas là au matin. Il aurait fallu qu'eux aussi sachent qu'il était beau qu'une herbe s'appelle dent-de-lion. Qu'ils admettent qu'un ornithorynque est une créature magique du seul fait qu'il échappe à toute définition. Mais l'heure n'était plus à la magie.

On ne disparaît pas d'une île. C'était l'opinion des habitants scandalisés. Les moyens d'accès étaient limités. Le petit avion qui faisait une fois par semaine la liaison avec le continent n'avait pas décollé ce jour-là. Quelques bateaux de pêche ancrés dans le petit port. Aucun ne s'était éloigné plus que d'habitude.

Maman n'était plus qu'une question. Un mystère dont on parle avec un petit frisson. Un sujet de conversation, horreur suprême.

Ouessant avait changé de nature. Elle était devenue l'ennemie.

Chaque rocher était suspect, chaque crique coupable.

Ce n'était plus cette beauté apaisante et immémoriale, c'était une sauvagerie qui arrachait le cœur. Iris se haït de l'avoir aimée, d'avoir été si bêtement en joie devant chaque grain de sable.

Elle savait qu'il y avait quelque chose que les adultes refusaient de dire devant elle. Elle interrogea Sacha. Sacha n'avait jamais su lui mentir, et il n'était d'ailleurs guère en état de le faire. D'après lui, la police pensait que Maman avait pu vouloir aller dans l'eau et ne plus revenir. Le décider. Ça ne voulait rien dire. Leur mère était une excellente nageuse. Elle adorait l'eau. Elle aurait pu aller où elle voulait à la brasse. Peut-être qu'elle avait nagé jusqu'à Brest, ou jusqu'au Conquet, qu'elle avait envie de visiter. Voilà, c'était une étourderie, un caprice, mais tout allait bientôt rentrer dans l'ordre. Sacha disait que parfois Maman était triste et qu'elle aurait pu vouloir effacer la tristesse dans l'eau salée. Sacha ne savait pas ce qu'il disait.

Ils restèrent un mois, jusqu'à ce que l'été meure sans qu'ils n'apprennent rien. Plus que jamais Iris collait Sacha comme son ombre mais elle ne le vit plus sourire. La lumière qui l'avait un instant habité l'avait déserté. Manon ne faisait plus partie de leurs après-midi. Ils ne passaient plus devant son café, et ne retournèrent jamais sur la plage secrète.

Au bout d'une dizaine de jours, Iris décida d'aller la voir. Manon la prit par la main, c'était un geste qu'elle n'avait jamais eu, et elle l'emmena s'asseoir face à la mer, sur une plage mangée de capucines. Maman aimait leurs feuilles au vert tendre, ces fleurs à l'orange éclatant qui poussaient sauvagement, et elle avait appris à Iris où se trouvaient leurs graines : de petites cosses à plusieurs nids qui couraient le long des tiges[10]. Mais Iris et Manon ne les regardèrent pas ce jour-là, Iris voulait que Manon lui explique, mais elle n'aurait pas su dire quoi.

— Ton frère ne veut plus me voir, tu sais.

Plus vieille, Manon aurait pu penser que Sacha se sentait coupable du bonheur qu'il avait ressenti juste avant que sa mère ne disparaisse, mais ni elle ni Iris n'en étaient là. L'adolescente ne savait que faire de ce premier amour soufflé d'un coup, de ce garçon contre lequel il était si difficile d'être en colère, et de cette petite fille en détresse.

---

10. La capucine a été introduite en Europe par les conquistadors hollandais à la fin du XVIIe siècle. D'abord dans les jardins de moines (d'où, sans doute, son nom), avant de croître et de se multiplier. Les plantes aussi sont des conquérantes, bien loin d'être immobiles. Mais elles doivent ruser, avec pour alliés le temps, le vent et les insectes. Maman aimait raconter leurs épopées.

Elle non plus ne songea pas à dire à Iris que rien de tout cela n'était sa faute.

Iris blottie contre elle, elle lui raconta une histoire, car c'était ce qu'elle savait le mieux faire. L'histoire d'une femme qui aimait tendrement ses enfants, et qui, prise tout d'un coup d'une amnésie profonde, s'égarait loin de chez elle. L'histoire d'une femme qui reviendrait. Manon caressait les cheveux d'Iris et plus les mots lui venaient, plus elle croyait en sa propre fable, si peu vraisemblable.

Papa s'était mis en tête de mener l'enquête. Inlassablement questionner chacun. Trouver des réponses. Traquer une ombre. Brasser du vent. Même si c'était absurde. S'occuper. Croire que l'on agissait.

Sacha et Iris le suivirent parfois.

Ils rendirent visite à un pêcheur à qui Judith avait acheté des limandes la veille de sa disparition. Sur la table, dans un seau, un homard s'agitait, les pinces liées par une corde. Iris observait ses efforts inutiles, pathétiques. Ridicules.

« Bien sûr, je me souviens d'elle. Ce n'est pas le genre de femme qu'on oublie. Elle avait voulu savoir si j'accepterais de vous emmener en mer, une fois. Elle disait que ses enfants adoreraient ça. Je ne fais pas ça, vous savez, je ne suis pas un promène-touriste, mais elle était tellement… vous voyez. On avait envie de lui faire plaisir. Je n'avais rien promis, elle devait repasser pour en parler. »

C'était bien une preuve. De quoi, on ne savait pas au juste.

Ils allèrent tous les trois à l'aérodrome, puisque d'une île on ne partait que par ces deux infinis capricieux, la mer ou le ciel. Il n'y avait là qu'une petite tour de contrôle, pas toujours occupée, et une piste grignotée par l'herbe alentour. Le contrôleur aérien était là. Il offrit un café à Papa et les laissa rester un moment avec lui dans son bureau, d'où il attendait les messages des avions de passage.

Papa le questionna. Mais l'homme ne leur apprit rien qu'ils ne savaient déjà. Si Maman avait décollé, il l'aurait vu. Il saluait toujours les avions au départ, celui de la liaison régulière, deux fois par semaine l'été, comme les quelques avions de loisir qui passaient à l'occasion. Le jour de la disparition de Maman, rien.

Un petit coucou rouge et blanc se posa alors qu'ils étaient là. Un couple en descendit. Le contrôleur alla discuter un moment avec eux puis fit signe à Sacha et Iris de le rejoindre. Le couple venait du Nord et faisait un tour de Bretagne par les airs, en pilotant chacun son tour. Ils proposèrent une promenade à Iris et Sacha.

La femme était blonde, grave et souriante. Elle ne fit pas semblant de ne pas savoir ce qu'ils traversaient, ce dont Iris lui fut reconnaissante. « Quand je ne vais pas bien, je fais un tour d'avion », lança-t-elle.

Ils acceptèrent. Iris monta à l'avant, au côté de la pilote (c'est là qu'était la meilleure vue), Sacha à l'arrière, auprès de l'homme. Ils survolèrent l'île, en forme de pince de crabe. Il y avait une douceur, une ivresse étrange à voir le monde de haut, miniaturisé, pacifié. Comme s'il devenait aussi inoffensif et riche de possibles qu'un jouet d'enfant. Jouir de cette splendeur semblait une trahison. Une trahison provisoire, passagère, qui permettait de reprendre son souffle.

Ivan, un type qui vivait dans une ancienne bergerie retapée de ses mains et qui peignait à ses heures perdues, les plus précieuses, leur avait dit avoir croisé Maman le jour de la disparition. Il dessinait devant chez lui et quand elle était passée, elle avait regardé et il lui avait proposé de faire son portrait un jour. Iris avait appris de Manon que, souvent, on venait se réinventer à Ouessant, sous l'œil tour à tour dubitatif et bienveillant des habitants. C'était une île pour solitaires, poètes et fortes têtes. Ivan était l'un d'entre eux : il avait longtemps vécu sur le continent, multipliant les petits boulots sans jamais s'accrocher à rien, avant de s'installer sur l'île, où il vivait de peu.

« Je crains qu'il n'y ait rien à dessiner aujourd'hui, je ne suis pas vraiment là », avait-elle dit dans un rire. Maman était ainsi faite que quand elle le souhaitait ses paroles semblaient toujours charmantes, on se laissait porter par le flot, enchanté, on ne posait aucune question, on ne *relevait* pas, et ce n'était que longtemps après qu'on réfléchissait à ce qu'elle avait vraiment dit. Elle aurait fait un escroc de premier plan.

Un jour, alors qu'Iris, assise devant la maison, émiettait le reste de sa tartine du matin sur le chemin d'une fourmilière, un grand brun aux yeux sombres avait débarqué. Un peu trop jeune pour être complètement un adulte. Elle le trouva beau, et cette pensée fit naître une piqûre de culpabilité – pas le moment. Papa était en vadrouille, flairant on ne sait quelle piste. Sacha enfermé dans sa chambre avec son walkman. Au lieu de sonner à la porte, le type s'était assis près d'elle, sur le seuil de la maison, et ils avaient observé un moment les insectes découper les miettes sucrées. Il l'avait fait sourire en lui expliquant qu'elles pouvaient porter mille fois leur poids[11]. Il ne savait pas qu'elle souriait parce

---

11. En fait, ça dépend des fourmis, et Guilhem avait lancé un chiffre un peu au hasard. Il ne se souvenait plus non plus de la raison de tant de force : la puissance de leur exosquelette, et leur petit cou musclé.

que c'était tout à fait le genre de chose que Maman aurait pu dire. C'était un sourire pas très sûr de son coup, qui aurait facilement pu prendre l'eau.

— Vous êtes qui ? avait aboyé Papa en les trouvant ensemble.

— Guilhem Quervec. Je suis journaliste, *La Tribune de l'Ouest*. Je viens de Brest.

— Vous n'avez pas plus drôle à faire, à votre âge ? grogna Papa, mais sa colère était retombée, elle exigeait trop d'énergie, ses cibles étaient trop vastes pour se concentrer trop longtemps sur le jeune homme.

Il le fit entrer. Il voulait savoir si le journal avait appris quelque chose de la police. Guilhem se tortillait sur le canapé, mal à l'aise.

— Je n'ai pas demandé à venir ici, avoua-t-il. Je voulais vous laisser tranquilles. Mais c'est l'été, il n'y a pas grand monde au journal. Nous sommes en contact avec la police, mais je ne pense pas qu'ils aient de piste. Je suis désolé.

— Si vous avez entendu quelque chose et que vous vous imaginez m'épargner en vous taisant, c'est stupide, dit Papa.

Guilhem murmura autre chose, plus bas.

— Ce n'est pas possible, elle avait mis le lait à chauffer, répondit Papa.

Le lendemain, il annonça qu'on rentrait à la maison.

Ils rentrèrent chez eux, dans leur pavillon au nord de Paris. Mais le marronnier du jardin qu'elle avait tant escaladé avait perdu ses pouvoirs, il ne lui parlait plus. La maison hurlait de solitude. La moquette y semblait plus râpeuse et les néons du salon plus faiblards qu'autrefois. Le vieux papier peint à fleurs de la salle de bains, qu'on avait trouvé là en arrivant, qu'on parlait toujours de remplacer, était soudain intolérable de laideur avec ses corolles psychédéliques. Il ne fut jamais changé.

Disparue. Cela ne voulait rien dire.

Disparue, donc quelque part. Il suffisait de bien chercher. Comme dans une partie de cache-cache qui se prolonge un peu trop, où l'autre dépasse les bornes, et ne se montre pas même quand on a déclaré forfait depuis longtemps. Cette seconde où tout bascule, où la joie sombre. Le moment où le rire s'éteint, où l'agacement gagne. *Ce n'est plus drôle, tu exagères.*

Ses vêtements étaient encore là, pendus dans l'armoire comme une armée qui aurait attendu son retour. Soie, plumes, velours, angora, toutes ces matières froufrouteuses, vaporeuses, dans lesquelles Iris aimait aller fouiner autrefois, se déguisant même en cachette quand les parents avaient l'œil ailleurs. Son bol préféré, blanc avec des ailes turquoise en guise d'anses, rapporté un jour de Venise, ce qui augmentait son prestige, orphelin sur une étagère. Une paire de boucles d'oreilles qui traînait dans la salle de bains – deux pierres bleues qui brillaient pour rien, accusatrices. Et Iris, qui se souvenait. Qui essayait de faire taire cette voix dans sa tête qui susurrait jusque dans son sommeil, cette voix qui répétait sans cesse : « Arrête de jacasser. » Cette voix qui ressemblait de moins en moins à celle de sa mère, dont le timbre lui échappait chaque jour davantage.

Papa fouilla dans les affaires de Maman. Iris le regarda déplier chaque foulard, mettre sens dessus dessous la boîte à bijoux, ouvrir les pages des livres, déplier de vieilles lettres. Bredouille, toujours, floué par le silence têtu des objets familiers.

Iris était devenue très douée pour se muer en ombre, attentive à épier les autres sans jamais bien savoir quelles conclusions en tirer.

Elle vit Papa, un jour où il ne se savait pas observé, donner un grand coup de pied dans une porte. Elle ne lui connaissait pas ce visage, crispé, lointain, perdu.

L'été touchait à sa fin, l'arbre du jardin se colorait de rouge.

Ils n'allèrent pas, cette année-là, chercher des châtaignes en forêt pour les faire griller à la poêle.

Ce fut la rentrée des classes. Iris les avait toujours aimées. Elles étaient synonymes de promesses, d'inédit. On aurait pu la qualifier de petite fille sauvage, et pourtant elle était avide de rencontres. Dans les visages nouveaux, elle cherchait des amis aussi rêveurs et lunaires qu'elle.

Mais pas cette fois. Cette fois, elle n'espérait, n'attendait rien, sinon un retour auquel elle était désormais la seule à croire.

On lui avait tant dit, pourtant, que c'était une année capitale. La sixième, le collège, pente glissante, excitante, vers l'âge adulte. La perspective n'était pas sans charme. Jusqu'à l'été, elle avait attendu cette rentrée avec curiosité. Avec espoir – une denrée perdue, obsolète.

Puisque rien ne se déroulerait comme il l'aurait fallu.

Normalement, l'excitation aurait commencé à la gagner quelques jours à l'avance, et la veille, elle aurait été frétillante comme une puce, aurait eu du mal à trouver le sommeil.

Normalement, elles auraient fait ensemble l'état des lieux du cartable, plusieurs fois. Sa mère aurait pesté contre sa lourdeur invraisemblable.

Normalement, Maman l'aurait aidée à choisir ses vêtements. Elles auraient argumenté : pull vert ou sweat jaune ? Jean ou jupe ? Quelle serait la meilleure tenue pour accueillir et amadouer cette journée ?

Normalement, elle lui aurait brossé les cheveux, un rituel réservé aux moments exceptionnels, parce qu'alors Iris se sentait plus petite qu'elle n'était, ramenée en arrière, couvée, protégée. *Mon poussin, ma petite chouette, ma belette.*

Normalement, elles auraient bavardé au petit déjeuner, et Maman aurait peut-être pressé une orange, pour l'occasion.

Normalement, elles auraient parlé des camarades de classe qu'Iris était heureuse de retrouver, de ceux dont elle espérait qu'ils ne remettraient pas les pieds à l'école – elle ne leur souhaitait aucun mal, seulement un déménagement parental aux îles Fidji ou à Kuala Lumpur[12]. Il y a des garçons que tu as envie de

---

12. Iris n'avait qu'une approche assez vague et personnelle de la géographie, et le degré d'éloignement des lieux, dans son esprit, obéissait plutôt à des règles de sonorité. Lesquelles touchaient parfois juste. Tout lieu exotique devait posséder un nom qui vous faisait immédiatement prendre le large. Bora Bora était nécessairement au bout du monde, Melun au coin de la rue.

revoir ? aurait demandé Maman l'air de ne pas y toucher.

Mais Iris se prépara seule, et le long du trajet, à bord de leur Audi 80, son père parla peu. Il la laissa devant la grille du collège, et elle se fraya un chemin parmi les élèves pour trouver sa classe.

Elle avait demandé à son père de ne pas l'envoyer dans le collège prévu, le plus proche de chez eux ; elle ne voulait pas revoir les amis d'avant. Il essaya de l'en dissuader, mollement, mais elle resta butée, têtue. C'était la première fois qu'elle exprimait un désir depuis l'été. Il céda et trouva un collège privé où elle espérait être inconnue de tous.

Cela fonctionna jusqu'au moment où, dans la cour, Isabelle vint vers elle, souriante, pimpante, toute rosie par le froid de septembre. Elle la prit dans ses bras, Iris sursauta, se raidit, rétive, embarrassée d'elle-même. Mais un espoir se glissa, une question : peut-être avait-elle eu tort ? Peut-être que l'aide viendrait d'ailleurs que des adultes ?

Isabelle était venue à la maison tant de fois, Maman lui avait fait des crêpes et l'avait conduite à l'école, elle l'avait fait rire et lui avait raconté l'histoire d'une petite Isabelle à qui poussaient des ailes, elle comprendrait l'ampleur de la catastrophe.

Alors les mots sortirent. « Maman a disparu. » Mais la voix était trop blanche. Iris elle-même ne savait pas trop ce qu'il fallait en penser. Elle espérait qu'en le disant à haute voix elle en saurait plus.

Isabelle hocha la tête, et Iris comprit qu'elle l'avait appris mais n'avait pas cherché à prendre de nouvelles.

Son amie se mit à raconter ses vacances dans un long monologue saccadé. Quelque part dans un Sud où le soleil brillait au-dessus d'une mer sans marées ni états d'âme et d'une flopée de cousins.

Les mères ne disparaissent pas. Il en était hors de question. Ce n'était pas un sujet de discussion.

Elle ne sut jamais bien si, par la suite, ce fut Isabelle qui l'évita, ou l'inverse. Mais il n'y eut plus de fous rires étouffés ou de commentaires idiots échangés sur des bouts de papiers déchirés, plus de jeux partagés.

Profession de la mère : énigme. (Mais elle écrivit : biologiste, de même qu'elle nota un numéro où père et mère étaient joignables. Bien sûr.)

Sur le cahier de correspondance, après le paraphe de Papa, elle imita la signature de sa mère. Elle ne supportait pas de voir cette case vide jour après jour. Si Papa le vit, il ne fit aucune remarque.

La soudaine abondance de professeurs et de matières aurait pu passer pour une nouveauté. Mais c'était trop peu. Parfois, en cours de biologie ou d'histoire, elle se surprenait à se demander ce que sa mère en penserait quand elle le lui raconterait, une brève seconde, avant de se souvenir.

Les jours succédaient aux jours. Les semaines ressemblaient aux semaines. Les calendriers sont pour les gens heureux, ceux dont le temps accueille des événements et des péripéties. Pour Iris, la nouveauté n'avait plus cours et l'identique régnait en maître obstiné et mesquin.

Désormais elle ne parvenait plus à croire au rituel si bien organisé des journées, des sonneries qui striaient les heures, de la cantine où l'on dispersait les carottes râpées et les steaks hachés pour faire croire qu'on y avait touché. Elle avait toujours subi plus qu'aimé l'école, on s'y ennuyait trop, le temps y était fait d'une texture poisseuse et élastique, mais cette fois c'était différent. Ça la prenait à la gorge, l'étouffait. Elle se sentait ailleurs. Égarée dans un monde bizarre, qui tournait à vide, un malentendu. Rien n'était vrai si Maman n'était plus nulle part.

Un jour, Papa attendit que Sacha rentre de cours et les fit s'asseoir tous les deux dans le canapé du salon. C'était l'heure du goûter, Iris avait encore une tartine dégoulinante de Nutella à la main (ce fut la dernière fois qu'elle en mangea ; quand elle essaya par la suite, elle se retrouva projetée sur le canapé gris, clouée à son velours, piégée dans ce souvenir, incapable de faire un mouvement, le cœur au bord des lèvres).

Leur père se tenait devant eux, livide, l'air compassé. Elle nous a quittés, annonça-t-il. C'était son choix de partir. Elle en a eu assez de nous. Elle est vivante.

— Tu as eu des nouvelles ? articula Sacha.

— Elle a utilisé son compte en banque. Elle a retiré de l'argent dans une agence en

Bretagne, elle a été reconnue, la police m'a appelé.

— Qu'est-ce que tu comptes faire ? demanda encore Sacha.

— C'était son choix, répéta Papa.

Ce furent les seuls mots à ce sujet qu'il leur consentit.

Qu'ils se débrouillent avec ça.

Alors Iris comprit.

Maman avait essayé de la prévenir. À trop parler, Iris l'avait poussée à bout. Si elle cessait d'être une petite fille trop bavarde, Maman reviendrait peut-être. C'était elle qu'elle avait désavouée, et elle avait pris soin de lui dire pourquoi.

Désormais Iris mesura ses mots, attentive à ne pas encombrer l'air des autres, à ne pas outrepasser des règles qui lui restaient obscures mais dont chaque regard de son père lui certifiait l'existence. Certains jours, elle se donnait des missions : pas plus de vingt mots avant le repas de midi. Ne parler à un professeur que s'il lui adressait la parole en premier. À la récréation, ne se mêler à aucun groupe. Personne ne semblait s'en rendre compte. Elle persévéra.

Iris rentra un après-midi du collège et les affaires de Maman avaient disparu, comme si elles l'avaient suivie. Elle mit quelques jours à les localiser, dans un grand placard au dernier étage, presque une petite pièce, où autrefois elle jouait à se cacher. Son placard aux sorcières et aux monstres pour de rire. Elle retourna s'y blottir, mais les monstres avaient changé de visage. Ils avaient l'insupportable odeur d'un parfum sucré, la traîtreuse douceur de la soie. Au bout de quelque temps, elle n'ouvrit plus le placard.

Papa s'était muré dans un silence à lui : bavard. Les leçons d'histoire et de choses continuaient.

Il passait plus de temps à la boutique qu'avant. Souvent, le samedi, Iris y restait pour la journée. Elle se mit à faire des listes pour apprivoiser le monde. Mettre un peu d'ordre dans ce chaos.

Pour elle-même, elle classait les objets.

Il y avait les menaçants, ceux avec qui il n'aurait pas fallu être enfermée la nuit : blaireaux empaillés, scies rongées par une rouille suspecte, coucous qui jaillissaient on ne savait quand avec un cri strident.

Il y avait les solennels, héritiers de graves péripéties passées : porte-monnaie tissé de mailles d'argent, canne d'apparence bonhomme qui se transformait en épée quand on tirait le manche, lourdes malles qu'on imaginait volontiers hissées sur une diligence ou dans la cabine d'un paquebot (ou cachant un cadavre en crinoline).

Et puis il y avait ses préférés : les égarés, ceux qui étaient définitivement passés dans un espace-temps qui n'était pas fait pour eux – les lourds fers à repasser qui auraient exigé des braises chaudes pour fonctionner, les lampes à brûler, les phonographes taillés dans un acajou rutilant attendant en vain la voix évanouie d'un chanteur de charme[13], les machines à coudre

---

13. De préférence Maurice Chevalier, l'ami imaginaire du héros d'*Allons réveiller le soleil*, relu tant de fois, Maurice Chevalier comme chevalier de la légèreté perpétuelle, avec ce sourire insolent qui s'entendait jusque

remisées pour cause de concurrence déloyale de la modernité, ceux dont on ne parvenait même plus à deviner la fonction d'autrefois. Petite fille sans maman, elle se sentait comme eux : déclassée, inutile, bonne pour la casse. Elle avait envie d'embrasser les clients qui les achetaient quand même.

Elle en avait adopté un : une vieille machine à écrire dans laquelle il n'y avait plus qu'un ruban rouge. Elle établissait des listes qu'elle tapait à l'encre écarlate et gardait pour elle-même. Pour encager les mots, semer des certitudes.

Parfois, elle accompagnait son père quand il visitait une maison que les propriétaires voulaient vider. Pendant qu'il faisait un tour avec les maîtres des lieux, commentant chaque meuble avec une jovialité qu'elle ne lui connaissait plus au quotidien, séparant ce qui l'intéressait de ce dont il refusait de se charger, elle furetait. Elle se

---

dans ses chansons. La seule image qu'elle en avait était sa performance de vieux séducteur heureux de vivre dans *Gigi*, vu avec Maman, mais cela suffisait bien à imaginer tout un monde sautillant et roucoulant.

demandait si dans telle maison elle aurait été plus heureuse, si dans telle autre Maman se serait sentie tellement bien qu'elle n'aurait jamais disparu. Aurait-il suffi de ce jardin aux senteurs de lilas et au merveilleux ginkgo[14], de cette baie vitrée ouverte sur le ciel ? Parfois lors de ces virées avec son père, elle trouvait des photos dans des cartons destinés au rebut par les familles qui vidaient les lieux. Elle les prenait, ne supportant pas ces sourires inconnus dont plus personne ne se souciait[15]. Avoir ainsi traversé le temps pour

---

14. C'était l'arbre préféré de Maman, non seulement parce que sa feuille était une merveille de dessin délicat, mais aussi parce que c'était ce qu'on appelait autrefois un « fossile vivant » : une espèce sœur d'une autre disparue, dont on a conservé des fossiles, une espèce panchronique de son petit nom scientifique (fossile vivant, non, pas vraiment, parce que les espèces évoluent). Une preuve que le passé n'est jamais qu'une dimension du présent, disait Maman.

15. Elle découvrit bien des années plus tard qu'elle faisait partie d'une famille, d'une lignée de rêveurs tendres et narquois. Ceux qui s'approprient les vestiges d'hier les réinventent. André Breton et Georges Perec traînant aux puces ou Daniel Spoerri collant des ajouts incongrus sur de vieilles croûtes. Les objets sont des

finir ordure parmi les ordures. Elle aimait surtout celles en noir et blanc, venues d'une époque forcément sombre et mystérieuse. Qu'avaient-ils à cacher ? À ces égarés, dont elle collait les visages dans de grands cahiers, elle inventait des légendes pour les consoler de leur abandon.

émissaires du passé, ils font la vie plus vaste en ouvrant des dimensions secrètes vers l'autrefois. Car chacun d'entre eux a été fabriqué, désiré, choisi. Ils ne demandent qu'à renaître. Jouer avec eux, les arracher à la solennité des choses mortes, c'est leur rendre justice. Mais ils ne parlent qu'aux âmes sentimentales et éprises d'inutile.

Ne grimpe pas là. Arrête de courir. Tais-toi. Ah tu vois, tu t'es fait mal, ton genou saigne, ne va pas pleurnicher maintenant.

Je voudrais qu'ils se taisent. Tous. D'abord ce n'est pas vrai, je n'ai pas pleuré. Un jour je grimperai sur l'Everest et je naviguerai au bout du monde. Je serai explorateur marin aventurier aviateur au long cours. Ils verront bien.

Ils n'auront pas l'argent, hors de question que je les mette dans mon testament. Mais j'aime bien les laisser espérer et les obliger à venir me regarder tricoter et boire un thé infâme. De toute façon jamais ils n'admettront pourquoi ils sont ici. Elle a froid avec cette robe ridicule mais elle n'ose pas l'avouer. Petite nature. Tiens, il faudra que je fasse couper cette haie.

Je suis une sorcière, j'ai concocté un charme pour continuer à vivre et à jeter des sorts depuis cette photo. Je voulais protéger mes enfants et les enfants de mes enfants. Mais ils ont enfermé le cliché dans une boîte qu'ils n'ont jamais ressortie, et une pluie de catastrophes que j'aurais pu leur épargner s'est abattue sur la famille : deuils, maladies, accidents. La lignée s'est éteinte. Aujourd'hui je dois me contenter d'aider ou de punir des inconnus. J'aurais peut-être dû choisir de hanter une chaise (mais j'aurais fini au feu, et nous en avons peur, nous autres) ou un bijou (mais ils m'auraient vendue).

J'ai inventé une machine à voyager dans le temps et je suis en visite chez mon arrière-arrière-arrière-grand-mère, incognito. Il y a de quoi rire, non ? Tout à l'heure je visiterai l'Exposition universelle, un vieux rêve.

Lui : « Je n'aurais jamais cru épouser une femme si belle. » Elle : « Je ne sais pas ce qui m'a pris. C'est décidé, dès qu'il arrête de me coller d'aussi près je m'enfuis. J'irai loin, si loin qu'il ne me retrouvera jamais. »

Tous les jours, je viens là. Je regarde l'eau le ciel les bateaux jusqu'à ce qu'ils se confondent, jusqu'à me confondre avec eux, que le souffle de l'eau et le murmure du vent m'emportent et me sauvent de tout. Je reste immobile et je ne suis plus là, ma vie m'oublie et c'est le moment le plus doux de ma journée.

Iris fut une petite fille dont on vantait la politesse, la discrétion, la douceur. Comme elle est sage, cette phrase atroce. Sage, c'est-à-dire sans histoires, facile à oublier ignorer effacer. Elle tâchait de se rendre invisible du mieux qu'elle pouvait. Si elle aussi disparaissait, rejoindrait-elle Maman au pays des évaporés ?

Pour les vacances de la Toussaint, on l'envoya chez sa grand-mère en Alsace. C'était la seule de ses grands-parents qui était encore en vie, elle avait perdu les autres quand elle était encore trop petite pour s'en rendre compte.

Mamama, la mère de Papa, n'était pas une femme tendre, car l'époque dont elle venait ne l'était pas. Elle avait perdu son père lors de la Grande Guerre, son mari lors de la Seconde, alors qu'elle était encore si jeune. Si elle s'était mariée, c'est que Papa s'annonçait, sans qu'elle ait eu le loisir de l'avoir décidé (souvent taiseuse, elle lâchait parfois des révélations abruptes sur lesquelles elle ne revenait jamais mais qui plongeaient Iris dans des abîmes de mélancolie). Elle n'avait jamais refait sa vie (refaire sa vie, comme si l'existence était un salon à réaménager, alors qu'à entendre les adultes, elle ressemblait surtout à la boutique du père d'Iris, un fatras incohérent dont rien ne disparaissait jamais[16]). Mamama faisait de son mieux, mais la douceur n'était pas son fort, être inconsolable était devenu sa vérité depuis trop longtemps pour qu'elle sache encore réconforter quiconque, l'amertume l'enveloppait comme une étole dont elle ne pouvait plus se défaire. Elle avait atteint l'âge où il aurait été douloureux de constater que les fantômes pouvaient être défiés, conquérir quelques joies ne lui aurait rendu que plus amer le temps gaspillé.

---

16. « On n'oublie rien de rien, on s'habitue, c'est tout », une autre des chansons préférées de sa mère.

Elle essaya, pourtant. Face à la tragédie d'Iris, au scandale de cette enfant privée de mère sans qu'on y comprenne rien, il fallait bien être à la hauteur, ou tenter de l'être. Elle s'interdisait de dire du mal de sa belle-fille, ce dont elle ne s'était jamais privée avant : le mystère était trop opaque, trop cruel. Elle déposait des offrandes devant Iris, un peu au hasard. Des tablettes de chocolat, des bonbons, des livres ou d'inquiétantes poupées de porcelaine retrouvées dans le grenier. Elle la fit travailler au jardin avec elle, à déterrer les pommes de terre pour les galettes du soir, qu'elles préparaient ensemble. Peler et râper des patates ou écosser des petits pois, c'était une plage de paix : les mains s'activaient et on pouvait pour quelques minutes s'en contenter, n'exister que par la répétition rassurante du même geste utile et précis.

Iris aimait l'Alsace. Elle s'y sentait chez elle, car depuis toujours son père avait pris soin de lui transmettre l'amour des forêts profondes des Vosges, des raisins dorés attendant la récolte au soleil d'automne, des colombages de carte postale, de *La Mélancolie* de Cranach[17] et du *Retable d'Issenheim* qui veillaient sur Colmar, des penseurs et des imprimeurs qui avaient fait la gloire intellectuelle de la région, de cette cuisine dont il fallait s'enorgueillir aussi. Il lui racontait les heures ténébreuses, les crimes, les vies effacées, aussi, des malgré-nous aux synagogues vides. Même s'il n'était pas là, elle se souvenait de tout. L'Histoire, avec son père, était vivante mais jamais idyllique. Ne jamais taire le pire, pour ne pas insulter les disparus. Elle aurait aimé qu'il applique les mêmes principes quand il parlait de Maman.

---

17. Cranach, pénétré des leçons de Luther, voulait donner une leçon de morale à travers ce tableau, et avertir des méfaits de la mélancolie, celle qui pousse à se détourner des nourritures terrestres et incite aux occupations vaines. Mais la toile est trop sublime, trop doucement hypnotique, pour qu'on ne succombe pas plutôt aux séductions du spleen, comme la belle dame à la robe de feu qu'elle représente. Quelquefois les œuvres rusent avec leurs auteurs et les dépassent en intelligence.

Ce furent d'étranges vacances, mais l'étrange était son lot désormais. Quand elle rentra à la maison, rien n'avait changé.

L'air s'était raréfié autour d'eux, comme les amis qui par le passé venaient nombreux à la maison.

Leurs émotions n'avaient pas de nom, on les terrait comme une maladie honteuse. Comme une mine sournoisement dissimulée sur laquelle il ne fallait surtout pas mettre le pied. Ce n'était pas une famille sans amour, mais la parole n'était plus une modalité de cet amour.

Sacha tenta bien de lutter. Il tâchait d'arracher à leur père des mots précis. En lançait certains au hasard et par désespoir : le mot amant, le mot dépression, le mot dispute, comme autant de questions. Papa coupait court et partait bricoler ou vider une maison.

Iris avait beau se taire, parfois, elle se sentait scrutée. Dans le regard des autres, elle n'était pas tout à fait elle-même. Plutôt l'empreinte trop visible de celle qui n'était plus là, la trace décevante de ce qu'ils avaient perdu, le rappel importun d'un mystère glacial. Sa présence provoquait la tristesse chez les amis de sa mère. Elle lui ressemblait, disait-on, sans jamais vraiment lui dire en quoi. Parfois, une lueur s'allumait dans les regards, et alors commençaient les histoires sur sa mère, qu'elle collectionnait faute de les avoir vécues.

Fascinante, imprévisible, étaient des mots qui revenaient souvent. Drôle, aussi. Décidée, mais ce mot-là avait sa nuance de reproche : elle savait ce qu'elle voulait, disait-on encore. Elle s'était parfois disputée avec des gens qui auraient pu l'aider. Mais toujours avec panache. Ta mère avait le sens des coups d'éclat.

Brillante, lui dit une collègue de sa mère qu'Iris avait appelée, un jour, rassemblant tout son courage dans un sursaut d'audace. Elle accepta de les rencontrer, elle et Sacha, sans leur père, à Paris. Rendez-vous clandestin dont l'objet était obscur. Elle leur expliqua que leur mère travaillait sur les parasites capables de manipuler les comportements de leur hôte. Car les parasites sont prêts à tout pour parvenir à leurs fins, et c'était un monde stupéfiant, pullulant de stratégies inouïes[18].

Ils avaient écouté en silence ces histoires d'insectes pervers. Ils les connaissaient déjà – surtout Iris, Sacha les derniers mois avait envoyé promener les leçons de choses de leur mère.

Ce n'est pas pour cela qu'ils étaient venus.

Iris supplia Sacha du regard. Qu'il demande, lui.

Est-ce que notre mère était triste ? avait-il interrogé.

C'est difficile à imaginer, avait répondu la collègue. Elle était si solaire. (Peut-être savait-elle, difficile d'avancer en âge sans le découvrir, combien les êtres solaires tendent à entraîner leurs proches dans le brasier. Mais elle le garda pour elle.)

---

18. Les parasites peuvent transformer l'animal qu'ils colonisent, le pousser à des actes contraires à ses intérêts. Certains vers obligent les insectes dont ils prennent possession à se « suicider » en recherchant des points d'eau dans lesquels ils se jettent. Un vrai film de zombies, aimait plaisanter leur mère.

Bien sûr, certains jours, il valait mieux ne pas lui parler, elle était absorbée par autre chose. Je me disais : la recherche, et je n'insistais pas. Elle écoutait à peine, alors. Ailleurs. Dans la lune, on ne dit ça que pour les enfants, non ? Mais c'est l'effet que ça me faisait.

On ne pouvait pas (elle se reprit : on ne peut pas) ne pas aimer votre mère. Alors, une ou deux sautes d'humeur de temps en temps, on y a bien tous droit, non ?

Ils eurent le sentiment d'être rentrés bredouilles.

Ce n'était pas drôle d'être détective. Il n'y avait pas d'indices stimulants dissimulés à la vue de tous, pas de tour de passe-passe à la fin. Seulement le chagrin et le goût terreux de l'échec.

Le chagrin est un parasite. Il se nourrit de son hôte, et le pousse à des comportements qui le détruisent. Il l'assèche et le métamorphose.

Le chagrin n'a pas de projet à long terme. Peu lui importe de détruire le terrain sur lequel il prospère – vous. Comme ces nymphéas qui assèchent le marais où ils se multiplient[19].

Alors, Iris tâchait de convoquer les légendes d'autrefois, quand ses parents lui racontaient des histoires. L'une de ses préférées était leur rencontre.

Ils avaient tous les deux presque trente ans – et qu'avaient-ils bien pu faire de tout ce temps d'*avant* ?

Il était deux heures du matin. Sa mère était entrée dans un bar avec des amis, et Papa était au comptoir. Devant lui était posé un bouquet de roses. Les malheureuses avaient l'air aussi égarées que lui. Défraîchies et nostalgiques. À côté des roses, il y avait un vieux jouet mécanique à ressort, un petit homme vêtu de bleu et portant une valise. Son père buvait un verre, l'air d'être ailleurs.

---

19. Des années plus tard, dans le doux velours rouge d'un fauteuil de théâtre, Iris tressaillit à ces mots de Tchekhov comme s'il lui parlait d'elle : « Je vais arracher cet amour de mon cœur avec ses racines. » Car elle savait combien les sentiments importuns ont une nature de lierre.

Le bar était plein, leur mère et ses amis s'étaient installés près de lui.

« La fille qui vous a offert ce bouquet s'est fichue de vous, elles vont mal vos roses », avait dit Maman.

« Je vous attendais », avait répondu Papa, et il lui avait tendu le jouet. Elle avait ri. (À ce point de l'histoire, Sacha levait les yeux au ciel.)

« Il me fallait un miracle, et votre mère est arrivée », disait Papa. (Sacha soupirait bruyamment.)

Leur mère reprenait. *Votre père était très beau, il était déprimé parce qu'il venait de plaquer une fille* (il semblait à Iris que c'était plutôt *la fille* qui aurait dû être déprimée, mais elle ne voulait pas interrompre l'histoire, elle demanderait la prochaine fois, de sorte qu'elle ne sut jamais rien sur *la fille*, et en garda l'impression vague de l'inconséquence des hommes), et il avait passé la soirée au bar, d'abord avec un copain, puis seul. Le jouet, il l'avait trouvé sur un trottoir, quelques heures plus tôt, il avait déjà la manie du sauvetage des objets, et travaillait dans la boutique qu'il reprendrait par la suite. Et puis, plus tard, il avait discuté longtemps avec un vendeur de fleurs qui allait de bar en bar avec un bouquet, il lui avait demandé ce qu'il gagnait au mieux dans une soirée, il lui avait donné le triple pour qu'il puisse rentrer chez lui.

Même ivre mort, il était très beau. (Sacha partait.)

Un miracle, un accident, au fond il n'en avait jamais démordu. Leur père avait toujours été adepte des grands gestes et des attentions minuscules. Il aimait le quotidien, lui trouvait profondeur, réconfort et beauté. Il était du genre, le soir, en rentrant chez lui, à être heureux de voir ses fenêtres allumées, éperdument heureux de se dire que là était son foyer.

Il lui donna un jour rendez-vous au parc Montsouris, simplement parce qu'il voulait lui montrer la colonie de perruches qui y vivait. Elles étaient les descendantes d'oiseaux captifs qui s'étaient évadés d'un conteneur, n'était-ce pas une victoire majeure sur le destin ? Il était toujours possible de s'affranchir, pour ensuite batifoler dans un jardin à l'anglaise. Il fallait agripper les paraboles quand elles se présentaient dans la vie.

Un jour où ils s'étaient disputés, il avait déposé devant sa porte un olivier en pot en guise d'offre de paix.

Mais Maman avait aussi d'autres histoires à raconter, qu'elle inventait pour ses enfants. Elle les notait dans des carnets, qu'elle avait toujours à proximité, où son écriture en fines pattes d'insecte palpitait sur le papier. Iris en retrouva une partie, qu'elle archiva précieusement. Comme des preuves que sa mère avait bien été là auprès d'elle, pour elle.

Maman trouvait que la girafe, l'éléphant ou le singe exerçaient un monopole injuste sur les livres pour enfants (pourquoi eux, même pour les enfants qui n'en verraient jamais dans leur vie, si ce n'est peut-être au zoo ?). Souvent, ses histoires portaient sur des animaux aux noms qui faisaient rire : le pudu, l'adax, le coati, le koudou, le quokka, le potamochère, le babiroussa. Elles jouaient à décider quel serait le meilleur animal totem pour ceux qu'elles rencontraient. Papa était un labrador, Sacha un porc-épic.

Désormais, si Iris devait choisir un animal totem, cela serait l'escargot, le hérisson, le pangolin, le tatou, la tortue, ces êtres capables de couper les ponts avec le monde extérieur en cas de besoin, de se retirer au sein de leurs propres domaines, à l'ombre de leur carapace. Hélas, chez les humains, se rouler en boule est sans grande utilité. Elle aurait aimé, comme les très jeunes enfants, pouvoir mettre les mains sur ses yeux et se croire invisible, hors d'atteinte.

Alors Iris relisait les histoires de Maman, en espérant mieux la comprendre. Sa préférée était la seule qui ne parlait pas d'animaux, mais d'un petit garçon à la tristesse têtue. Sa mère la lui avait racontée un soir où l'une des amies d'Iris avait eu du chagrin sans qu'elle réussisse vraiment à la consoler. Quelquefois ce qui est doux, c'est d'essayer, avait dit Maman. Iris souligna, dans les pages à l'écriture familière, ce qui lui paraissait important.

Le garçon qui aimait la pluie

Mathilde était amoureuse du garçon qui aimait la pluie. C'était arrivé très vite et sans l'avoir voulu. Comme quand elle faisait une bêtise sans trop savoir pourquoi.

Un jour, après la classe, il pleuvait des trombes d'eau. Les élèves, massés sous l'auvent de l'entrée par petites grappes, attendaient leurs parents. Mathilde rentrait toujours toute seule parce qu'elle habitait la rue d'en face, et elle avait un parapluie. Elle avançait en claquant des pieds dans les flaques, quand elle l'avait vu. Il était debout sous la pluie, tête levée, bras tendus et paumes ouvertes, comme si c'était la chose la plus naturelle du monde et qu'il avait été là simplement en train de prendre une bonne douche. Tout ruisselant, il avait souri à Mathilde d'un air coupable.

« J'aime bien la pluie, il avait dit, elle repeint tout dans une lumière grise et on se retrouve ailleurs. » (*Maman aimait la pluie, se souvenait Iris, l'avait toujours aimée, pouvait disserter longuement sur le fait qu'elle se sentait chez elle dans les films de Woody Allen parce qu'il y pleuvait toujours au moins une fois. Elle n'avait jamais été du genre à empêcher ses enfants de sauter dans les flaques d'eau, au contraire.*)

Elle savait de quoi il parlait, son monde à elle devenait cotonneux quand elle enlevait ses lunettes et c'était un refuge très confortable.

Elle lui avait rendu son sourire et un fil sur lequel dansaient des milliers de funambules heureux s'était tendu entre eux.

Depuis, le garçon qui aimait la pluie habitait en elle et il lui tenait chaud.

C'était un secret, parce que Mathilde savait bien que ça ne se faisait pas, d'aimer un garçon qui sourit sous l'orage. À l'école, il était presque toujours seul et enveloppé d'une drôle de brume triste. C'est pour ça qu'il aimait la pluie, pensait Mathilde, elle devait faire fondre la brume et ça ne se voyait plus.

Même la maîtresse lui parlait avec des pincettes plein la voix, comme s'il souffrait d'une maladie bizarre et vaguement contagieuse. (*Sa mère disait toujours qu'il fallait bien travailler à l'école mais ne perdait jamais une occasion de débiner l'endroit. Rien de nouveau.*)

Comme c'était un secret, Mathilde faisait bien attention à ne plus lui sourire, à s'asseoir très loin de lui en classe et à raser les murs de la cour de récréation quand elle l'apercevait.

Il n'avait pas l'air de se rendre compte de tout ce mal qu'elle se donnait pour disparaître, c'était comme si elle n'avait jamais été là. (*Disparaître ? C'est la preuve qu'elle l'a voulu ?*)

Normalement, Mathilde n'aimait pas les garçons. Ils la poussaient dans les couloirs et faisaient du bruit. Ils demandaient si elle voulait sortir avec eux, elle se creusait la tête pour leur dire non sans leur faire de peine et un quart d'heure après ils étaient consolés. Oui, en règle générale c'était très fatigant de les supporter.

Mais le garçon qui aimait la pluie se déplaçait en silence. Ses yeux noirs avaient l'air de regarder à l'intérieur de lui-même, dans un endroit triste et mystérieux, plutôt que de s'occuper de l'agitation ambiante. Il était ailleurs et elle avait envie d'aller le chercher. Souvent, elle le voyait dessiner au fond de la classe, et elle se demandait quoi.

Mathilde savait qu'elle aurait dû préférer les garçons qui rigolaient aux blagues des copains et qui étaient bons en sport, ou à la rigueur en mathématiques parce que ça voulait dire qu'ils iraient loin dans la vie comme disait Madame Robert. (*Mais Maman, je ne vois pas pourquoi un garçon n'aurait pas le droit d'aimer le foot et d'être intéressant quand même, tu exagères, là.*)

Le garçon qui aimait la pluie était toujours dans la lune, un endroit qui plaisait bien à Mathilde mais d'où l'on ne ramenait pas de bonnes notes. Il ne courait pas très vite, et quand on le mettait devant un but il recevait le ballon dans la figure. C'est toujours lui qu'on appelait en dernier pour former une équipe et Mathilde voyait bien qu'il n'était pas très doué pour les équipes ni pour les groupes. Les garçons comme lui, le professeur de sport les traitait toujours de mauviettes et leur disait d'être un homme bon sang. C'est aussi ce que le papa de Mathilde disait à son petit frère Thibault pour qu'il ne pleure pas quand un moineau était mort ou qu'un ballon à l'hélium s'était envolé. Mathilde n'aimait pas tellement les garçons quand ils étaient des hommes.

Elle avait essayé de parler du garçon qui aimait la pluie à sa copine Julie mais Julie ne l'avait pas laissée terminer.

« Celui-là, c'est une nouille, il est bizarre et il ne dit jamais rien. »

Mathilde savait qu'elle avait tort, puisque le garçon qui aimait la pluie vivait à l'intérieur d'elle-même et qu'il avait beaucoup de conversation.

Mais elle n'avait rien osé dire pour que Julie n'abîme pas son rêve avec ses grandes phrases méchantes. Mathilde avait peur d'être bizarre elle aussi.

Mathilde savait bien que le garçon qui aimait la pluie n'était pas censé être beau avec ses cheveux qui flottaient en pagaille. Elle voyait qu'il était petit et que dans une bagarre il perdrait sûrement. Elle avait quand même envie de s'approcher de lui un peu plus près pour voir ce qui se passerait.

Un soir, elle dormait chez sa grand-mère qui était la plus merveilleuse grand-mère du monde puisqu'il y avait toujours des chamallows dans le bocal en verre du salon et des groseilles dans le jardin. Elle s'était mise à pleurer sur son oreiller qui n'avait jamais vu autant d'eau. Les oreillers n'aiment pas les larmes, elles leur donnent des cauchemars.

La grand-mère de Mathilde était entrée sur la pointe des pieds et lui avait caressé le front tout doucement.

— Pourquoi est-ce que ma princesse pleure ?

— J'aime un garçon qui aime la pluie et ce n'est pas une bonne idée. Mais grâce à lui les averses ont une autre couleur et depuis il est tout le temps à l'intérieur de moi.

La grand-mère de Mathilde s'y connaissait en amour, elle avait tout un tiroir de lettres qui sentaient le myosotis et la jeunesse pour le prouver.

Quelquefois elle en lisait des passages à Mathilde qui se serrait contre elle en pensant à tout cet avenir qui l'attendait au tournant. (*Mamama n'avait pas ça chez elle, c'est sûr.*)

Toutes ses rides se mirent à sourire d'un coup comme quand elle était très émue.

« Il est fort, ce garçon, tu sais. Les hommes mettent des années à savoir faire d'aussi beaux cadeaux que la couleur de la pluie. Certains n'y arrivent jamais. J'ai épousé ton grand-père parce qu'il m'avait offert le crépitement d'un soir d'hiver. Les petites filles extraordinaires comme toi n'aiment pas les garçons ordinaires, il va falloir t'y faire, ou ce sera une bêtise pour de vrai. C'est une bonne nouvelle, je ne veux pas que tu pleures, tu vas faire de la peine à ton oreiller. » (*Bon, d'accord, mais on les trouve où, les garçons extraordinaires ?*)

Mathilde décida donc de parler au garçon qui aimait la pluie pendant la récréation. Elle enleva ses lunettes pour se donner du courage.

« Pourquoi est-ce qu'il y a toujours de la brume autour de toi ?

— C'est parce que j'avais un petit frère, et un jour à cause d'un accident de voiture il n'a plus été là, répondit le garçon qui aimait la pluie. Depuis je dois consoler mes parents, même s'ils disent que non, et c'est beaucoup de travail. »

Pour Mathilde ça faisait beaucoup à encaisser d'un coup et il sentit qu'il devait l'aider un peu. (*Était-il arrivé quelque chose à Maman ? Une catastrophe dont elle n'aurait jamais parlé ?*)

« Je t'ai dessinée, tu sais. Je vais te montrer. »

Il avait sorti son cahier de mathématiques et elle était sur toutes les pages, ce qui n'avait pas plu à la maîtresse. Toutes ces petites Mathilde sur le papier gambadaient avec une joie incroyable.

Alors elle sut qu'elle vivait à l'intérieur du garçon qui aimait la pluie comme il vivait à l'intérieur d'elle-même. Elle était là quelque part dans le noir, avec la tristesse de ses parents, la beauté de l'eau qui tombe du ciel pour tout transformer et l'espoir d'aimer un jour le soleil.

Elle fut si heureuse qu'elle s'enfuit en courant.

Le lendemain, elle prit la main du garçon qui aimait la pluie pour la sortie à la piscine. Il s'ensuivit beaucoup d'arcs-en-ciel et de rires au goût de sucre, mais c'est là le début d'une tout autre histoire. (*Iris l'aurait bien voulue, cette histoire. Une histoire heureuse pour changer, une histoire de victoire sur le gris, parce que là on attendait de voir…*)

Les souvenirs du temps d'avant ressemblaient à un rêve un peu trop invraisemblable. Des images s'évadaient du passé, disparates, têtues comme une énigme. Un soir où Papa chantait à tue-tête et tellement faux que cela faisait rire Maman, une virée en forêt un jour de neige, un feu d'artifice d'été. Parfois Iris regardait en cachette les albums de photos, et au fil du temps ils se substituèrent à ses souvenirs. Papa avait dans les yeux une lumière qu'elle ne revit jamais. Maman était très belle, toujours dans des robes différentes. Sa mère aimait les vêtements car c'était une façon si facile de changer d'âme, disait-elle. Choisir si l'on veut être Marylin Monroe ou Calamity

Jane[20]. N'oblige jamais personne à te faire croire que tu dois choisir une fois pour toutes. Elle aimait lui parler d'Hedy Lamarr : la femme la plus glamour de Hollywood, c'est-à-dire du monde, et une geek de première, des brevets en pagaille, l'inventeuse du Wi-Fi. Ne cède pas à la tentation de croire que tu n'es que ton apparence, mais ne cède pas non plus à la tentation inverse : les laisser te dire que soigner ton apparence si tu en as envie fait de toi une femme sans cervelle.

Donneuse de leçons, et puis quoi ? Tout ça pour ça ? À quoi était-elle censée croire maintenant ?

Un jour, elle enfila une robe prise dans le placard clos, une robe jaune à pois qui donnait à

---

20. La liste des vêtements de cinéma qu'Iris aurait aimé porter ne serait-ce qu'une fois : la robe à strass des *Demoiselles de Rochefort* ; les gants de Gilda ; toute la garde-robe de Grace Kelly dans *La Main au collet* ; la tenue de scène de Marylin dans *Certains l'aiment chaud* (ukulélé inclus, ukulélé surtout), les longues jupes des *Deux Anglaises et le continent*, la robe bustier d'Ava Gardner dans *La Comtesse aux pieds nus*, le manteau à plumes de Catherine Deneuve dans *La Sirène du Mississippi* (et son imperméable).

sa mère une allure d'avant-guerre mais tombait, trop vaste, en vagues inutiles autour d'Iris. Elle se maquilla avec des fards retrouvés dans une trousse. Ce n'était pas très bien fait. Rouge la bouche, noirs les yeux, roses les pommettes. Elle se dévisagea dans le miroir de la salle de bains, longuement. On dit bien qu'on maquille une voiture volée. Pour qu'on ne puisse plus la reconnaître. Elle n'était plus personne. Ni elle, ni Maman. À qui étaient ces yeux qui la fixaient ? Elle posa sa joue contre le miroir et y laissa une buée rose. Sacha arriva et cria, à cause de la robe.

Iris s'effarait que si peu d'heures résistent à l'oubli. Que la mémoire soit ce champ de bataille, emplie de minutes tombées dans le silence. Quelque part, enfoui, se trouvait le visage de sa mère. Ou plutôt les centaines de visages qu'elle lui avait connus : la berçant alors qu'elle était nourrisson, souriant quand elle lui apportait l'un de ses dessins en offrande, découpant les pommes de terre pour un gratin dauphinois, son plat préféré. Par une injustice obscure, une catastrophe irréparable, ces visages s'étaient fondus en un seul, flou, maladroit, confus, masquant tout ce qui était perdu. Un visage qui les avait trahis, ou qu'ils avaient trahi – Iris n'osait aucune question, loyale au seul parent qui lui restait, respectant son diktat, et le silence grandissait.

Nous ne sommes jamais que la somme de nos souvenirs, et il ne s'en trouvait pas un seul qui puisse se convoquer sans erreur, Iris le savait déjà. Au fond nous n'existons pas, complétait-elle.

Quand elle repensait à ces mois-là, elle devait avouer un autre sentiment, peu honorable : l'ivresse trouble d'une certaine liberté.

Son père disparaissait des heures. Son frère n'était plus jamais là, ou s'enfermait dans sa chambre. La désertion était générale.

La preuve : Sacha fugua, deux fois. Toujours en laissant un mot. Elle l'enviait. Tailler la route, respirer ailleurs, respirer mieux. Parfois elle mettait quelques affaires dans son cartable : un saucisson, des gâteaux, une bouteille d'eau, un livre. Fuguer : un mot si joli, une promesse de musique nouvelle, d'échappée belle. Mais à quoi bon ? Même elle savait bien qu'on ne s'enfuit nulle part à dix ans. Puisque Sacha était revenu chaque fois, à son corps défendant. Était venu la voir, lui demander pardon. *Je ne devrais pas te laisser. Je t'ai laissée tomber.* Elle s'était lovée dans ses bras, ils avaient pleuré tous les deux, et un peu de douceur était revenue dans la vie d'Iris. Leur père ne demandait pas d'explication. Il avait abdiqué.

Sacha tentait pourtant, par moments, de recréer le temps d'avant. Il mettait Pink Floyd à fond et ils dansaient, *Leave them kids alone*, sauf qu'on ne lui foutait que trop la paix, à elle. Il louait un DVD (*Retour vers le futur*[21] ou autre

---

21. Le début d'une obsession tenace pour les voyages dans le temps, qui la rendrait accro à *Code Quantum* dans son adolescence, et au fil des années spectatrice ravie de *L'Armée des douze singes*, *Un jour sans fin* ou *Poupée russe*, lectrice enthousiaste de *Replay* (mais pourquoi, alors que tant de scénarios cherchaient à empêcher l'assassinat de cet obsédé de JFK, personne ne songeait-il jamais à sauver Lincoln l'abolitionniste, ou Martin Luther King ?).

film à visée non pédagogique) et ils le regardaient blottis sous une couverture, avachis sur le canapé. Mais ce n'étaient jamais que des parenthèses, vite évanouies. Leur union s'était fissurée, Iris avait perdu son héros.

C'était un temps où elle n'avait plus été une enfant. Où personne, autour d'elle, ne semblait vouloir la traiter comme un être fragile, à nourrir, sortir ou divertir à heures fixes.

Si elle se déclarait malade, son père ne l'emmenait pas à l'école, qu'il soit là ou non, et elle se blottissait sous la couette. De là, elle pouvait convoquer le souvenir d'après-midi de fièvre, d'angine ou de mal de cœur, où sa mère venait vérifier que tout allait bien, plaçait une main sur son front ou lui souriait. La maladie était confortable alors, c'était le monde mis sur pause et pris dans une brume de douceur, la

---

Réécrire l'histoire : qu'il s'agisse du fantasme le plus universel au monde était en soi une source de mélancolie. La preuve que chacun s'imaginait vivre le brouillon d'une existence plus réussie, avoir manqué, un jour, le virage décisif et en payer le prix à chaque seconde.

fraîcheur de bras qui vous enveloppaient et faisaient rempart. Une paresse vaporeuse et caressante, une faiblesse à laquelle il était doux de s'abandonner. Aujourd'hui ce n'était plus qu'une preuve de plus de l'indifférence du monde. L'une des modalités particulières de son châtiment.

Chaque détail lui hurlait que désormais elle était livrée à elle-même. Quelle étrange expression, aurait peut-être dit sa mère, livré à soi-même comme on livrait les chrétiens aux lions[22], comme on livre un secret à des oreilles ennemies. Traîtrise intime. Elle avait charge

22. Iris était tombée sur une vieille légende dorée dans un des cartons de son père, et tout de même, elle trouvait que dans ces histoires, Dieu exagérait : pourquoi s'acharner à ressusciter on ne sait combien de fois un malheureux martyr pour qu'il y passe de toute façon ? N'aurait-il pas été plus confortable de mourir du premier coup ? Tiens, un exemple : Blandine est grillée vive, livrée à un taureau furieux, et égorgée. Et puis brûlée, au cas où. Elle réchappe de tout jusqu'au moment où Dieu se lasse et la rappelle finalement à lui. Non, vraiment, Iris ne comprenait pas la logique.

d'âme, la sienne, et cette âme ne lui inspirait aucune sympathie.

Avant, l'accès à la télévision lui était interdit, sauf programme dûment approuvé pédagogiquement. Les séries étaient tout en haut de la liste des visions non recommandables. Plus personne n'avait l'air de s'en préoccuper, alors elle s'affalait devant *Ma sorcière bien-aimée* (bien sûr elle était un peu troublée des ambitions domestiques de Samantha, cela semblait un peu dommage, ces obsessions ménagères alors qu'elle avait des superpouvoirs, mais après tout, il était remarquable de parvenir à se faire obéir par les objets, ne serait-ce que pour faire cuire un rôti), *La Quatrième Dimension* (qui la plongeait dans le malaise, oui, de préférence à la toute dernière seconde de l'histoire, mais un malaise délectable) et gobait même ce qui ne lui plaisait pas : *La Petite Maison dans la prairie* (quelle bande de quiches, tout de même, hommes, femmes et enfants), *La croisière s'amuse* (même remarque), et, dans les pires moments, *Les Feux de l'amour,* en hommage à Mamama qui les regardait tous les jours (il semblait toujours s'agir d'un seul et unique épisode filmé dans une lumière étrangement scintillante et sans doute plus indulgente aux rides des actrices peroxydées et des séducteurs à moustache enrôlés là pour l'éternité). Et quelques jeux dont les candidats semblaient prendre un plaisir suspect à rire niaisement à chaque saillie peu spirituelle d'animateurs interchangeables. Une boîte close où l'on pouvait être heureux sur commande et à peu de frais : la bonne combinaison de lettres, un prix astucieusement deviné, une question à laquelle on était deux à répondre la même chose. De l'espoir pour pas cher et accessible à tous. Parfois c'était même l'amour qu'on vous livrait sur le plateau tournant d'un décor de carton-pâte.

Elle picorait dans le frigo. Se faisait des mélanges douteux : blancs d'œufs sucrés battus en neige, fromages divers fondus ensemble au micro-ondes, bouillie de banane nappée de chocolat, des potions pour faire passer l'amertume du monde à coups de douceur et de gras.

Mais elle demeurait fil de fer, légère, légère, c'était son héritage. Elle possédait un corps qui n'entendait pas prendre ses aises, une silhouette de moineau qu'elle garderait longtemps. C'était une autre façon de ne pas occuper trop de place. Se limiter au strict nécessaire, et ne pas se faire remarquer. Transparente, et donc filiforme.

Ce n'était pas l'ennui qu'il s'agissait de tuer. L'ennemi à combattre, c'était le cerveau en surchauffe, les obsessions qui assiégeaient, têtues, les images importunes. Impossible de fixer son attention sur quoi que ce soit, car tout était prétexte à blessure. Il aurait fallu ne plus penser à rien, mais c'était un luxe presque inaccessible. Alors, se distraire. Se saouler de divertissements, ou plutôt de diversions.

Elle explorait la collection de VHS familiale et regardait tout, maintenant que plus personne ne semblait se soucier de ce qui était de son âge ou non. Elle dressa une liste de films chauds où se lover.

Films douillets comme une couette

L'Aventure de Mme Muir
Holidays
L'Impossible Monsieur Bébé
La Baronne de minuit
Indiscrétions
Le ciel peut attendre
Les Enchaînés
Le Pirate
Un Américain à Paris
Chantons sous la pluie
Certains l'aiment chaud

Tout pour se persuader qu'il existait un autre monde, des hommes au sourire étincelant qui débarquaient dans votre vie nimbés de lumière (mais heureusement toujours au moment où vous-même arboriez opportunément votre robe couleur du temps), des hommes qui virevoltaient au lieu de marcher. Des hommes comme des réponses. Ils s'appelaient Cary, Jacques, Jack, Gene, et l'allégresse était taillée à leur image. Iris absorbait ces promesses, docile, reconnaissante. Ces hommes étaient son avenir. Leur amour serait son foyer. C'est une conviction dont elle ne parvint jamais à se défaire tout à fait au cours des trois décennies suivantes. Les rêves sont parfois plus persévérants que le réel.

Noël s'approchait, sournoisement. Avec ses chants, ses couleurs criardes, ses vitrines tapageuses, ses feux de cheminée et cris de joie, ses sales manières de gosse heureux, son mépris innocent des désespérés. Iris était déterminée à ignorer l'ennemi.

Par mesure de prévention, elle ouvrit la crèche que Maman installait chaque année (une histoire de rituel plus que de foi). Elle délivra chaque santon de sa protection de papier bulle. Elle les installa sur le rebord de sa fenêtre, qui donnait sur le jardin. Un petit peuple hétéroclite de terre cuite, ils n'étaient pas tous à la même échelle et il y avait deux petits Jésus, car on achetait un santon de loin en loin, quand on y pensait, quand on tombait sur un stand dans un marché ou qu'on passait devant une boutique qui en proposait. Un par un, elle les poussa dans le vide et les regarda se fracasser. Exit le berger, le dromadaire, l'âne gris, l'ange roux, les moutons, les trois rois, Marie, Joseph, et toute la clique anachronique des porteuses d'eau et autres bûcherons. Elle dissimula ensuite les preuves du carnage sous un peu de terre. De toute façon, plus personne ne jardinait, il n'y avait aucun risque qu'elle soit découverte.

Elle lisait. Pêle-mêle et sans distinction.

Quelquefois les écrivains la regardaient depuis leurs couvertures comme s'ils veillaient sur leurs pages, leur royaume de papier ; ils souriaient rarement et n'avaient pas toujours l'air commode. Pourtant à force de les fixer elle croyait déceler de la bienveillance, de l'ironie ou

de la perplexité dans tel ou tel regard. Se sentaient-ils seuls, sur ces étagères, à attendre qu'on les choisisse, ou conversaient-ils fougueusement de la futilité du point-virgule et de l'opportunité des fins heureuses ?

Iris feuilletait les livres de sa mère, parce qu'elle avait découvert que parfois des phrases y étaient soulignées d'un coup de crayon à papier, et elle essayait d'y voir un hiéroglyphe secret. Un portrait chinois. Elle les traqua, les recopia.

Mises bout à bout, ces phrases étaient-elles un aveu ?

> Au bord des hommes comme au bord de la mer. J'entends le bruit de leurs paroles, comme celui des vagues. Mais je ne peux plus me baigner.

> Ce qui est insupportable, c'est de se trouver quelque part, dans un café, pendant un rendez-vous inoffensif, et de sentir soudain un bruit de ferraille, de tiges en fer, de choses terriblement oxydées qui roulent lentement dans ton cœur.

Un jour nous abattrons les cloisons de notre prison ; nous parlerons à des gens qui nous répondront ; le malentendu se dissipera entre les vivants ; les morts n'auront plus de secrets pour nous. Un jour nous prendrons des trains qui partent.

Le plus clair de mon temps, je le passe à l'obscurcir. Parce que la lumière me gêne.

J'aimerais attendre la fin du monde dans la pénombre argentée d'une salle de cinéma.

Nos désirs vont s'interférant, et dans la confusion de l'existence il est rare qu'un bonheur vienne se poser justement sur le désir qui l'avait réclamé.

Immensément triste, comme d'autres sont immensément riches. Je ne me suis pas habitué à moi. Vivre à feu doux, couvercle fermé.

Quand nous perdons notre bonheur nous nous souvenons de nous-mêmes avec une affection inhabituelle.

Un jour je m'attendais moi-même
Je me disais Guillaume il est temps que tu viennes
Pour que je sache enfin celui-là que je suis

Mon cœur est un bar avec une seule table à laquelle est accoudé un seul ivrogne qui boit un seul verre de bourbon, contemplé par un seul garçon. Au fond, Tom Waits gémit un seul vers grinçant. Rauque et fou.

Les incursions des autres me laissent toujours tremblante. Ils ont empiété sur un découragement auquel je trouve la consistance d'un brouillard de septembre.

De mes états d'âme, la neige est celui que je préfère.

— Tu as été heureux ?
— Non... Si. Je ne sais pas. Entre les gouttes.

La chose la plus redoutée arrive toujours.

Iris se glissait dans la chambre de son frère et fouillait. À la recherche de quoi ? Elle n'aurait su le dire. Elle savait qu'elle aurait dû éprouver du remords – mais non. Elle y trouva une lettre d'amour à Manon, jamais envoyée. Des photos de Maman sauvées du grand ménage de leur père. Un bracelet, qu'elle avait vu au poignet de Manon. Des journaux sensationnalistes sur des faits divers[23]. Les fragments d'un désastre. Sacha et elle étaient deux rescapés d'une même catastrophe et pour cette raison même ils ne pouvaient pas se porter secours.

Elle s'imaginait mener sa propre enquête. Elle aimait ces romans d'Agatha Christie, propres et ordonnés comme les montres à système que vendait parfois son père. Le crime même y était rassurant, l'intrusion momentanée d'un acte de mauvais goût mais qui ne troublait pas l'agencement général des

23. Elle ouvrit, et puis referma des *Nouveau Détective* aux titres conçus pour allécher le chaland : « Après avoir perdu ses cinq enfants dans un incendie, il se suicide à la tronçonneuse » ; « La baby-sitter était une tueuse en série de paraplégiques » ; « Après l'avoir énucléé et découpé à la hache, sa belle-mère le transforme en hachis parmentier ». Elle voyait dans quelles directions butait l'esprit de Sacha, mais refusait de le suivre. Pourtant quelques cauchemars de plus s'imprimèrent sous ses paupières.

jardins anglais et des bibliothèques à cheminée, ne ternissait en rien le vert exquis des pelouses. Le criminel, souvent, était charmant. Insoupçonnable (cette mort lui portait préjudice, ou alors il n'était pas sur les lieux, parfois il était déjà mort), c'est même à cela qu'on aurait dû le reconnaître. Le trouble restait circonscrit[24]. Preuve que l'ordre gagnait à la fin, cela se terminait généralement par un mariage entre deux êtres méritants (oui, dans les histoires qu'on lui racontait, l'amour était toujours la solution à tout, et puisqu'il semblait exclu dans l'immédiat, Iris prit l'habitude de miser beaucoup sur le futur – il serait bien temps d'apprendre que Gene Kelly ne surgissait pas à tous les coins de rue).

---

24. Une exception peut-être : *A.B.C. contre Poirot*, celui qui l'avait le plus troublée, car il plongeait dans l'esprit d'un homme peu à peu grignoté par la folie – des abîmes rares chez dame Agatha, où même la folie meurtrière semble parfaitement calculée et logique (en dépit de cette affirmation récurrente selon laquelle qui a tué tuera forcément à nouveau, laquelle semble surtout liée à l'obligation de semer des cadavres à intervalles réguliers pour maintenir le lecteur en éveil).

Elle s'efforçait de dessiner des hypothèses logiques. Miss Marple et Hercule Poirot ne juraient que par elles après tout. Déductions, certitudes. Petites cellules grises.

Parfois elle espérait que sa mère avait cédé à l'appel d'une histoire d'amour. L'un de ces trucs imprévisibles et fulgurants qui vous rendent fou. Qui vous font virer *amok*, comme elle l'avait lu dans un autre livre, chipé encore dans la bibliothèque des parents[25]. Maman était heureuse loin d'eux et elle reviendrait pour leur dire que tout allait bien.

D'autres jours, elle se disait que forcément, un cinglé. L'un de ces loups des livres de contes, qui rôdent. Cette histoire de carte bleue ne prouvait rien.

Ou – amnésie ravageuse ? Son père lui avait raconté un jour l'histoire de cette fille surgie de

25. Lu et relu, aussi : *Vingt-quatre heures de la vie d'une femme*. Puisque la théorie était qu'une femme pouvait devenir folle en une journée et tout laisser derrière elle. Intéressant.

nulle part qui avait dit qu'elle était la princesse Anastasia, et qu'elle s'en souvenait seulement à présent. Et de ce soldat, au lendemain de la Grande Guerre, qui avait pris la place d'un disparu avec la bénédiction de la famille trop en deuil. Au bout de combien de temps et de désespoir oubliait-on l'être aimé au point qu'un imposteur faisait un remplaçant acceptable ? Plutôt un mensonge que le vide. La fille mentait, les soldats aussi, mais parfois cela devait être vrai, non ? Ou l'amnésie était-elle une légende que colportent les histoires ? Besoin de rescapés, besoin de merveilleux : deux faces d'une même terreur de tout perdre[26].

Les jours passaient. Les semaines passaient. *Dis, au moins le sais-tu ?* Emportant à chaque

---

26. On ne parla jamais tant aux esprits, on ne fit jamais tant tourner les tables qu'au lendemain de la Première Guerre mondiale. Comment ne pas être ému par l'image de Sir Arthur Conan Doyle, père du roi de la déduction rationnelle, se faisant le chantre des médiums et des fées après que son fils blessé lors de la bataille de la Somme lui a été arraché ?

heure un peu d'elle. Grignotant son enfance pour qu'il n'en reste rien. *Que tout le temps perdu ne se rattrape guère*. Sculptant la matière tendre qu'elle était en quelqu'un avec qui il aurait été si facile qu'elle ne fasse jamais connaissance. *Ne se rattrape plus*. Une enfant triste que l'adulte qu'elle deviendrait serait condamnée à bercer à tout jamais. Iris ignorait alors que l'enfance est interminable et brève, et qu'elle en avait été expulsée.

Dans les histoires qu'Iris aimait, il y avait souvent un épilogue.

Pour remettre le monde en ordre.

La petite princesse Sarah retrouvait sa fortune, Oliver Twist et Rémi leurs familles, Sophie était arrachée à son horrible belle-mère, James s'installait en triomphe à New York dans sa pêche. La beauté l'emportait et les souffrances, au fond, avaient rendu les héros meilleurs (Sarah se mettait même à nourrir les enfants des rues). Ils retrouvaient l'affection dont ils n'auraient jamais dû être privés. Bizarrement, leur confiance dans le monde ne semblait pas être ébranlée[27].

---

27. Ce n'était pas toujours vrai. Deux des livres préférés d'Iris, lus jusqu'à l'obsession, se clôturaient par un

Iris avait droit à un épilogue.

Mais lorsqu'il survint, elle n'y gagna aucune sagesse. Encore moins de la confiance ou de la sérénité. Le monde ne fut pas remis en ordre. Il continua, c'est tout, définitivement bancal.

Cela deviendrait un souvenir terriblement précis. Du genre à la poursuivre, sournois, au creux des mauvaises nuits. À la tenir éveillée des années après les faits.

épilogue déchirant. Ils ne cherchaient pas à édifier leurs lecteurs et leur laissaient le cœur brisé. *Le Château de ma mère, Mon bel oranger*. Deux narrateurs malheureux regardant leur enfance et n'en ayant jamais guéri – et la joie semblait aussi inguérissable que le chagrin, on ne pouvait donc pas gagner. « Telle est la vie des hommes. Quelques joies, très vite effacées par d'inoubliables chagrins. Il n'est pas nécessaire de le dire aux enfants », écrivait Marcel Pagnol. Et ces derniers mots donnaient l'impression à Iris d'être entrée dans une dimension parallèle, qui ne lui était pas destinée. De démasquer l'entreprise de tromperie généralisée des adultes. De lever un coin du voile.

S'il insistait tellement, c'est peut-être qu'il réclamait justice : il aurait dû être un souvenir heureux. Or Iris avait traversé ce moment comme un cataclysme. Une déflagration dont elle gardait les éclats plantés en elle.

Peut-être parce qu'elle l'avait trop imaginé.

Un jour, elle ouvrirait la porte, et Maman serait là.

Un jour, elle décrocherait le téléphone, et ce serait sa voix.

Un jour, elle ouvrirait les yeux, et elle lui caresserait le front.

Il y avait mille variantes, mais elles avaient toutes en commun une joie sans mélange. Une victoire. L'abolition du passé.

Il y avait eu ces mille scénarios.

Et puis il y eut le jour où Maman sonna à la porte.

C'était dans la torpeur grise d'un dimanche après-midi de décembre. L'hiver est une saison sans demi-mesure, il ne sait qu'être enchanté ou assassin.

Elle était en train de jouer au Monopoly dans sa chambre. Seule. Occupée à bâtir des empires et à se ruiner elle-même de la rue de la Paix au boulevard de Belleville. À passer par la case prison ou à prendre la tête de toutes les gares de Paris. Les jeux de société sans société sont d'un usage assez fastidieux. Elle aurait bien proposé à Sacha de la rejoindre, mais il avait passé la nuit chez un copain. Elle n'aimait plus tellement inviter des amis.

On avait sonné.

Iris avait entendu son père marcher vers l'entrée. Il revenait sans doute du garage, qui lui servait d'atelier et de nurserie pour objets à retaper. Il y passait des heures, c'était un autre moyen d'être absent. Elle avait entendu la porte s'ouvrir.

Et puis, le silence.

Un silence anormal, pas de mots pour accueillir un visiteur connu ou chasser un importun, et pas non plus de porte qui se refermait sur une erreur.

Iris sortit de sa chambre et descendit voir. Pieds nus sur la moquette râpeuse de l'escalier, le froid commençant à l'envelopper.

Dans sa mémoire, la scène serait très lente.

Papa se tenait devant la porte. Quand il l'entendit arriver, il eut le réflexe de la refermer. Absurde, oui.

De toute façon, Iris avait vu.

La silhouette de Maman qui se découpait dans le soleil pâle.

Un cri gonfla sa poitrine, et y resta coincé.

Elle trébucha et tomba dans l'escalier. Une culbute de quelques marches.

Quand elle rouvrit les yeux, Maman était là. Toujours là. Un peu plus petite que dans son souvenir peut-être. Quelques rides près des yeux qui s'étaient effacées de sa mémoire. Un grain de beauté dont elle ne se souvenait plus au creux du cou. Et ses yeux inquiets, tendres, inoubliables.

Comment ils se retrouvèrent tous les trois assis dans le salon, Iris n'en aurait aucun souvenir.

Des moments difficiles à organiser dans un ordre cohérent pour les rapporter.

Sa mère qui expliquait, répétait, balbutiait. Une bouche rouge vif qui s'ouvrait, s'agitait, soupirait.

Son père qui se taisait, criait, se levait sans prévenir.

Des larmes – à qui appartenaient-elles ? Des phrases incompréhensibles.

Le cœur qui cavalait comme s'il voulait s'enfuir.

Maman raconta.

Elle n'en pouvait plus. Pas d'eux (ses yeux suppliaient), mais d'elle. Un brouillard. Une fatigue immense.

Ouvrir les yeux le matin était insurmontable. *J'étais avec vous, mais je n'étais pas là.*

Du mal à respirer. À faire les gestes les plus simples. Écrasée en permanence. À se dire qu'ils seraient mieux sans elle.

Impossible à faire comprendre, elle le savait.

Elle essaya.

Un matin, ce matin-là j'ai failli… J'étais devant la mer, j'ai commencé à entrer. Elle était glacée, mais j'avais pris l'habitude de nager quelques minutes, chaque matin. J'avançais doucement, j'étais à mon idée, je ne pensais à rien d'autre, je ne pensais à rien, j'avançais. Et puis une famille est arrivée sur la plage. Tout d'un coup, je me suis vue, à distance, j'ai compris ce que j'étais en train de faire, peut-être. Je suis revenue sur le sable.

Le moment était passé.

Sur le coup, je me suis dit que je devais partir. On verrait plus tard.

J'avais repéré un petit bateau de plaisance, je leur ai demandé si je pouvais partir avec eux. Des Anglais, des jeunes. J'ai inventé une histoire. Ils m'ont crue. Ils m'ont déposée à Jersey. Ils m'ont même passé un peu d'argent.

Je n'ai rien décidé. À aucun moment. Si j'avais pensé une seconde à ce que j'étais en train de faire… J'étais dans une folie. Je sauvais ma peau. Je ne réfléchissais pas.

Aux environs de Concarneau, elle s'était installée dans une ferme dont la propriétaire l'avait prise sous son aile, sans trop poser de questions. Le temps de refaire surface. Tous les jours, elle se disait que c'était aujourd'hui. Elle voulait appeler avant. Mille fois avait pris le combiné. Elle n'avait pas réussi. Chaque jour elle s'enfonçait davantage dans l'impardonnable. Elle le savait, se pétrifiait. Elle pensait qu'ils l'attendaient. Était persuadée qu'ils avaient compris que c'était un coup de folie et qu'elle reviendrait. Elle ne raisonnait plus.

Aide-moi, avait-elle dit. *Pardonne-moi.* Elle demeurait, très droite, très blanche, comme une petite fille en faute. Attendant le verdict. Le bannissement.

L'avis d'Iris, on ne l'avait pas demandé. Pas attendu. Papa avait ouvert les bras, et ainsi soit-il. Papa n'était pas quelqu'un qui retirait son amour, une fois qu'il l'avait donné.

On n'en parlerait plus. Avait-il été décidé.

Il suffisait de tout effacer. Cela n'avait pas eu lieu, voilà tout.

Quelques semaines, à peine quatre mois, quelle importance ? Une goutte de temps, ronde, close, nulle et non avenue.

Sacha, quand il était revenu quelques heures plus tard, s'était laissé étreindre, sonné, l'air lointain.

Ainsi avait repris le cours de leurs vies. Sacha avait consenti à ne plus revenir sur l'événement. Même entre eux, ils se turent, comme si briser le pacte familial avait pu menacer leur fragile miracle : ils avaient retrouvé leur mère. Leur mère solaire, leur mère éperdument rieuse.

Mais.

Plus tout à fait leurs vies.

Le silence est un lieu et il avait refermé ses portes sur Iris. Il avait suffi d'une mer un jour de tempête, d'une mère aux tempêtes intérieures, et de quelques mois volés par la folie, de quelques mois gagnés par l'impensable. Il avait suffi de rien. Pour que le soupçon gangrène chaque minute, irradie chaque sourire.

Et désormais, aucune tendresse ne serait plus une terre ferme.

Elle eut quinze ans, regarda à la dérobée les garçons maladroits et superbes, convaincue qu'elle était trop laide pour que jamais aucun d'entre eux daigne un jour l'embrasser. Elle apprit qu'elle se trompait.

Elle eut vingt ans. Elle aima férocement et s'en effraya, elle prit la fuite et le regretta. Souvent.

Elle eut trente ans. Elle eut un fils sans l'avoir prémédité (elle détestait le mot d'accident, on ne parlait pas d'une catastrophe ferroviaire). Il fut son amour fou, sa joie sauvage, et elle se disait parfois, sans le vouloir, en s'en voulant car il fallait passer à autre chose, que jamais elle ne pourrait d'elle-même s'arracher de sa vue sans avoir l'impression d'y perdre un poumon, et comment avait-elle pu, *elle*.

Elle eut quarante ans. Elle aima à nouveau, éperdument, tendrement, et crut trouver un havre – et peut-être était-ce vrai ?

Elle crut avoir laissé l'enfance derrière elle.

Pourtant toujours, au moindre prétexte, à la plus petite faille, elle retrouvait l'ennemi. Cette voix familière qui lui soufflait de brûler ses vaisseaux avant qu'ils ne prennent le large sans elle. Qui lui hurlait que puisque l'abandon était la loi des relations humaines, il était inutile de s'obstiner à croire si ardemment à la douceur offerte. La voix d'une petite fille qui des jours durant avait fixé la mer et attendu en vain.

Il suffisait encore de rien.

Un dimanche qui semblait s'attarder plus que de raison.

Un ciel gris qui paressait.

Une silhouette faussement familière.

Et le chagrin d'autrefois revenait comme une gifle.

Les citations pp 115 à 117 sont extraites successivement de : *L'Ardoise magique*, Georges Perros (éditions Givre) ; *Journaux, 1959-1971*, Alejandra Pizarnik, traduit par Anne Picard (José Corti) ; *L'Humeur vagabonde*, Antoine Blondin (La Table ronde) ; *L'Écume des jours*, Boris Vian (Gallimard) ; *La Vitesse des choses*, Rodrigo Fresán, traduit par Isabelle Gugnon (Passage du Nord-Ouest) ; *À l'ombre des jeunes filles en fleurs*, in *À la recherche du temps perdu*, Marcel Proust (Folio) ; *Peau d'ours*, Henri Calet (L'Imaginaire/Gallimard) ; *Alcools*, Guillaume Apollinaire (Folio) ; *Petites Épiphanies*, Caio Fernando Abreu, traduit par Claire Cayron (José Corti) ; *Journal intégral, 1915-1941*, Virginia Woolf, traduit par Colette-Marie Huet et Marie-Ange Dutartre (Stock) ; *Journal*, Jules Renard

(Gallimard/Pléiade) ; *La nuit sera calme*, Romain Gary (Folio) ; *Le Métier de vivre*, Cesare Pavese, traduit par Michel Arnaud et Martin Rueff (Folio).

Crédits photographiques

p. 111
Mrs Muir, © Zuma Press / Aurimages

p. 114
Henri Calet à Vence 1952, photo © Roger Parry/Gallimard via Opale / Bridgeman Images

Portrait de Virginia Woolf, © Prismatic Pictures / Bridgeman Images

Portrait photomaton de Boris Vian, 20 ans, élève ingénieur, Archives Cohérie Boris Vian

Portrait photomaton de Romain Gary © Picture Alliance/DPA / Bridgeman Images

Alejandra Pizarnik © Archives André Pieyre de Mandiargues / IMEC

Remerciements

Merci à Alix Penent et Emma Saudin pour l'accueil fait à ce texte.

Merci à Fabrice Lardreau, Juliette Laurent, Pierre, Simon et Ulysse Huchez.

Cet ouvrage a été mis en pages par

<pixellence>

Achevé d'imprimer en novembre 2021
par Normandie Roto Impression s.a.s.
61250 Lonrai
N° d'impression : 2105679
N° d'édition : L.01ELJN000948.N001
Dépôt légal : janvier 2022

Imprimé en France